KB199002

포레스트 웨일 공동 작가

초콜릿처럼
녹아드는 순간

이겸 | 키스 | 한민진 | 강대진 | 김채림(수풀) | 김가희 | 오렌지음
케이 죠띠 | 윤혜린(주변인) | Yunsthinking | 금사빠 | 은지 | 다래
이도현 | 이상현 | 황서현 | 광현 | 최유리 | 언덕위,우리 | 강금주
예인월 | 강서율 | 이지현 | 숨이톡 | 정예은 | 허단우 | 아낌 | 안세진
양하은 | 김미선 | 최이서 | 수아 | 민들레 | 새벽(Dawn) | 이혜선
박지연 | 솔트(saltloop) | 최영준 | 윤현정 | 박주은 | 사랑의 빛
꿈꾸는 쟁이 | 고태호 | 조현민 | 남현욱 | 김예은 | 봉방사 | 백우미
김태은 | 문병열

FOREST
WHALE

차례

포레스트 웨일

공동 작가

초콜릿

채워진 빗방울

사뿐히 흩날리던 눈이 내리는 계절이 지나고,
흙 내음 가득한 비가 아스팔트를 적시는 계절이 왔어.

그래, 봄이야.
봄을 알리는 비가 내리고 있어

너와의 기억까지 차곡차곡 채워지는 것만 같아,
바닥에 빼곡하게 수를 놓고도 멈추지 않는 비는
함께했던 기억의 향내가 듬뿍 퍼지고 있어.

향수를 아무리 뿌려도 가려지지 않던,
더욱 흐릿하게 내 눈가를 가리던 그 기억 말이야.

너도 이 내음을 맡고 있을까?

아주 가끔은, 그래 자주는 아니어도 아주 가끔은
내 생각이 나기를 바라.

그것만으로도 메말랐던 내 마음에도
단비가 내릴 것 같아.

키스

지난 주쯤 먹었던 말랑한 초콜릿이 아직도 아른거린다.
이빨 사이사이에 끼었던 달콤함은 아직도 눈앞에서
닿을랑 말랑
두 번 다시는 먹을 수 없을 만한 초콜릿.
아마도 이번 해가 지나기 전엔 반드시 다시 먹으리라.

지난주쯤 먹었던 말랑한 초콜릿이 아직도 아른거린다.
이빨 사이사이에 끼었던 달콤함은 이제 지워질랑 말랑
두 번 다시는 먹을 수 없게 된 초콜릿.
아마도 이번 해가 지나기 전엔 먹지 못하리라.

샤르르 녹는 초콜릿

누군가 한 번쯤 먹어본
달콤한 초콜릿

다양한 맛으로
다양하게 즐기는 초콜릿

누군가와 서로 사이가 좋지 않아도
샤르르 입안에서 녹는 초콜릿을 준다면

그 또한 지나가리

녹아 없어지듯 초콜릿 간호

세상을 살아가다 보면
막막하고 어두운 날이 온다
혼자 외딴섬에 떨어져 있는 것처럼
외롭고 아무것도 보이지 않는
전등 하나 없는 어두운 공간
마음 달랠 곳 없이 씁쓸한 다크초콜릿

어찌 헤쳐나가야 할까?
내겐 가야 할 길이 어느 길일까?
내게 사랑이었던 달콤한 초콜릿 그대
이젠 지병을 앓고 모든 걸 다 가진 종합병원 그대
그대를 바라보는 질병 앞에
달달한 초콜릿에서 다크 초콜릿으로

약해져 가는 그대 모습처럼
무너져가는 나의 모습에는
겉은 시커먼 초콜릿처럼
깜깜한 어둠이 짙은 밤이지만

입안에 넣으면
씁쓸함도 있고 달콤함도 있듯
사르르 녹아 없어지는
초콜릿처럼
종합병원이 된 나를 있게 한 그대
함께할게요 다크초콜릿처럼
달달한 초콜릿처럼
사르르 녹아 없어지게 간호하며

과일맛 사탕

산인가 구름인가 높은 곳을 혼자 올라

잠깐이지만

하루 전에 먹었던 사탕의 맛이

기억나지 않아

오도독 오도독,

입안에 퍼지던

과일 향이 우려낸 찻물로

알맹이와 입안을 맴돈다

나에게만 달콤하게

수줍은 듯 다정한 미소를 주고 간

너와 나의 사이도

녹아 없어진 걸까...

깨져버린 사탕 조각을 모아

한 걸음 한 걸음 다가가 고백합니다

듣고 있을까 구슬피 우는 그대 심장 소리는

이 마음을 아는가...

초콜릿처럼 녹아드는 순간

초콜릿의 시초

길을 걷다 보면 고양이가 많다

화이트 초콜릿
다크 초콜릿
밀크 초콜릿
고등어 초콜릿

너희를 보다 보면 내가 쇼콜라티에가 된 것 같다

초코가 묻은 다리에서 석류 알맹이가 튀어나온다
고양이의 발톱은 겨울을 핑계 삼아 나를 그었고 붉은
열매처럼 물들인다

너희의 눈동자를 보면 다시 못 빠져나올 거 같다

큰 볼에서 나를 초코와 함께 녹이는 거 같다

오늘이 겨울이라 다행이다
마지막 숨까지 뜨겁게 물들이는 여름이 싫다

너희들도 겨울이 좋았으면 해
여름이 되면 초콜릿들이 모두 녹아내릴 테니까
녹지 않는 법은 어미 고양이에게도 배울 수 없다

여름이 되면 내가 녹아 없어져 너희들을 보지 못할까
아니면 길거리에 초콜릿들이 가득 녹아 질척거릴까

초콜릿 맛 해파리

버스 정류장에 놓인 초콜릿은 뜨거운 열기에 녹는다
포장 밖으로 튀어나올 거 같은 초코
손으로 만지면 뼈 없는 연체동물처럼
손끝의 땀이 초콜릿을 덮으며 흐느적거린다

녹아 흐르는 초콜릿은 바다로 흘러 들어가 해파리가
된다
여름은 모든 것을 해체하고 뒤섞는 연금술사다

바다에 투명한 그림자는 발자국 없는 해파리
초콜릿 따위에게 지진 않겠다
해파리의 긴 촉수처럼 초콜릿의 단맛은 내 뇌를 짓누
른다

녹아버린 초콜릿을 입에 털어 넣으면
단맛은 뇌에 파도처럼 밀려들어 끈적한 흔적을 남긴다

초콜릿은 혀끝에서 녹아내리고 해파리는 바다에서
증발한다
여름은 이 둘의 이름을 헷갈리게 부른다

녹아내린 초콜릿은 입속에서 사라지고
해파리는 수평선 너머로 사라진다
여름은 모든 것을 잠시 빌려 쓰는 계절이다

초콜릿처럼 달콤했던, 그러나 씁쓸했던

나의 인연은 여기까지였다.

너와 함께하는 이 순간은 달콤했다.
그러나 곧 씁쓸해졌다.

보고 싶었다.

너와 함께하던 추억들이 그리워서
너와 함께하는 그 시간이 달콤해서

그러나 이젠 볼 수 없다는 것을
나는 알아채고 말았다.

쌉쌀했다.
곧 눈물이 쏟아져 나왔다.

마치 초콜릿처럼 달콤했던,
그러나 이내 쌉쌀해졌던 너와의 인연은

이제 안녕.

위대한 묘약

쓰게 달콤해 너.

화가 나서 찾고 사랑 고파 찾고

내 피를 검게 물들여 광기를 잠재우는 너.

내 곁에 두고 위로 약으로 항상 찾는 너.

아무도 없었지만

홀로 설 수 있게 내 곁에 있어 준 너.

조그마한 초콜릿이 위대한 묘약이 되어준다.

마지막 초콜릿

"그러면…. 나 마지막으로 하고 싶은 말이 있어."

"그게 뭔데."

입김을 내쉬며 말한 남자의 코끝이 살짝 빨개졌다.

여자는 목도리 안으로 더 얼굴을 집어넣으며 영혼 없는 눈빛으로 남자를 바라보았다.

"너는 참 초콜릿 같았어."

"그게 무슨 뜻이야?"

"한입 먹으면 달달함이 부드럽게 차오르고, 끝부분에 아쉬움을 남기며 쩝쩝 기회를 다시 엿보곤 하거든. 더 먹고 싶으니까."

"그래서?"

"우리 연애하는 중반까지는 참 그 초콜릿 맛이 달콤해서 잊히지 못했던 것 같아. 더 먹고 싶고, 다른 달달한 맛을 알아가고 싶고."

"네가 무슨 말을 하는지 모르겠다."

"그런데 그 맛이 점점 변해가는 것 같았어. 원래 당도가 높은 초콜릿이었는데, 더 신중하게 맛을 봐야 느껴지는 달콤함이랄까."

"......"

"그때까진 내가 너무 많은 초콜릿을 먹어서 그런 걸까, 내가 너무 달콤한 초콜릿만 먹어서 덜 달달한 초콜릿을 먹어서 이런 걸까 싶었어. 초콜릿에 대한 본질보다 나를 더 먼저 의심하고 그만큼 많이 불안해했어."

"응."

"초반에는 열심히 음미를 하면서 약간의 달콤함이라도 찾았는데, 점점 그 약간의, 잠깐의 달콤함도 찾기가 힘들었어."

"......"

"어느새 너는 나에게 그저 씁쓸한 맛의 초콜릿이 되어버렸더라."

"마치 나 때문에 헤어지는 거라고 돌려 말하는 것 같네?"

"너 때문에 헤어지는 것이 아니야."

예상 못 한 답변을 받았는지, 여자의 매서웠던 눈이 살짝 풀어졌다.

"나도 잘못한 거지. 초콜릿은 다양한 맛이 있잖아. 내가 아까 말했던 달달한 맛도 있고, 씁쓸한 맛도 있고, 달콤하면서 쌉싸름한 맛도 있지. 그런데 나는 씁쓸한 맛을 애서 뒤로 미뤄두고 달콤한 맛만 찾았던 것 같아."

남자의 말을 듣던 여자의 눈시울이 점점 붉어졌다. 빠르게 투명함을 머금은 눈빛이 바로 터질 것만 같았다.

"그런데 이 답을 찾기까지의 시간 중에서, 나는 그 씁쓸한 맛에 너무 많은 의지를 잃어버린 것 같아. 어쩌면 넌 아직 예전처럼 달콤한 사람일 수 있는데, 내가 달콤하지 않게 느껴지지 않았을 수도 있으니까. 어쩌면…. 달콤하게 느껴질 수 있는 걸 포기할 수도 있고."

"네 말이 맞아. 네가 변했어."

"그래서 내가 지금 인정하잖아. 나도 변했다고."

"변한건 너야. 나는 처음의 그 향기, 느낌, 달콤한 맛. 다 잃어버리지 않았어."

"……"

"오히려 기다렸어. 조금만 더 기다리면 네가 예전의 나를 다시 알아봐 주겠지, 다시 그때로 돌아가 씁쓸하고 먹기 힘든 초콜릿 따위는 생각 못 할 정도로 행복한 순간들이 다시 찾아오겠지."

"미안해."

"기다려도 돌아오지 못한 건 너야. 그러니까 내 탓 하지 마."

"너무 이기적으로 생각하지는 말아줘. 나도 노력했다고 생각해."

"그러면 각자 알아서 생각하자. 너는 너대로 이 사랑을 끝낸 거고, 나는 나대로 이 사랑을 끝낸 거야."

"...그래. 그러자."

"잘 가. 잘 살고."

"너도 잘 가. 잘 지내길 바랄게."

여자와 남자는 서로 찢어져 길을 걷기 시작했다. 여자는 집으로 돌아가는 길에 단골 카페에 들어가 메뉴판을 가만히 살펴보았다. 평소라면 보지도 않고 바로 아이스 바닐라 라떼를 주문했을 테지만, 왜인지 모르게 메뉴판을 바라보게 되었다.

"처음인 것 같은데? 아가씨가 메뉴판 보는 건?"

"항상 마시던 것만 마시긴 했는데, 오늘은 그냥 메뉴판이 보고 싶어서요."

"그래서, 메뉴는 골랐어?"

"네. 초코라떼 따뜻한 걸로 하나 주세요."

양손으로 따뜻한 초코라떼를 받은 여자는 목도리를
더 단단히 두른 채 집으로 향했다.

"코코아랑 무슨 차이지."

그저 달달한 초콜릿 우유 맛. 이걸 왜 찾아서 마시는
지 이해가 가지 않았다. 카페인도 있고 달달한 바닐라
향이 나는 바닐라 라떼가 있기에 여자는 아무 생각
없이 꿀떡꿀떡 따뜻한 초코라떼를 마셨다.

"이런 달콤함도 나쁘진 않네."

집에 도착해버리기도 전에 다 마셔버린 초코라떼 컵
을 버리며 여자는 왜인지 허한 마음을 하얀 입김으로
불며 담담히 걸었다.

"달달한 맛에는 여러 종류가 있는 게 좋구나."

꾹꾹 한 발자국씩 눌러 걷던 여자의 볼에 결국 눈물
이 또르르 떨어졌다.

"이런 초콜릿의 달달함도 우리에게 분명히 있었을 텐
데. 내가 알아차리지 못했던 걸까."

여자는 급기야 목도리로 얼굴을 둘러 눈물을 숨겼지
만, 결국 자리에 주저앉은 채 한참을 흐느꼈다.

남자는 자신의 집에서 조금 멀리 떨어진 초콜릿 전문
점을 방문했다. 사장은 반가운 듯, 환하게 인사를 건

넀다.

"워! 오랜만이네! 잘 지냈어요?"

"네. 최근에 바빠서 잘 못 오다가 이제야 오게 되네요."

"오늘도 최고로, 단 초콜릿으로 줄까요?"

"앗 아니요. 오늘은 다른 걸로 사 가려고요."

"어떤 거로 드릴까요? 최근에 인기 있는 거는 요거고, 적당히 달달한 건 이 제품인데."

"그, 혹시….

"네?"

"제일 단맛부터 제일 쓴맛까지 골고루 담아주실 수 있으세요?"

"다양한 맛을 보고 싶으시구나. 그러면 이 세트가 제일 무난할 거예요. 어떠세요?"

"그럼, 이 초콜릿 세트로 할게요."

"쓴 초콜릿은 진짜 쓴데, 괜찮아요?"

"한번 느껴보고 싶어서요. 쓴 초콜릿이 과연 얼마나 쓸지."

"15%부터 100%까지 다양하게 있으니까 한번 즐겨보세요. 아마 70%부터는 크레파스 맛이 날 거라고 느껴지실 겁니다."

"크레파스 맛이요?"

"손님분들이 보통 그렇게 표현하시곤 해요. 달달한 향
도, 맛도 나지 않고 괜히 질감까지 이상한 것 같다고."

"하하…. 한번 참고 해보겠습니다."

남자는 초콜릿 한 박스를 가지고 집으로 돌아와 뚜껑
을 열었다. 다양한 모양으로 화려하게 보이는 30개의
초콜릿. 그리고 서비스로 하나 더 받은 초콜릿까지 31
개의 다양한 맛의 초콜릿이 남자의 시선에 가득 채워
졌다. 그리고 첫 초콜릿부터 하나하나씩, 천천히 음
미하며 녹여 먹기 시작했다. 이가 바로 썩어도 문제
가 없을 것 같은 당도 100%의 초콜릿 맛에 놀라 눈이
동그래졌다가도, 당도 30%의 초콜릿 맛에 씁쓸함이
올라와 앞으로 6개의 초콜릿을 먹기가 망설여지기도
했다.

"그냥 여기까지만 먹을까. 저거는 너무 쓸 것 같은데."

그 순간, 남자는 뭔가를 깨달은 듯 멍하니 남은 6개의
초콜릿을 바라보았다.

"아. 애네도 그냥 초콜릿일 뿐인데. 본질의 맛은 똑같
을 텐데."

남자는 박스가 아닌, 서비스로 받은 다른 초콜릿을 입

에 넣었다. 동글동글한 초콜릿을 혀로 이리저리 굴리며 맛을 음미했다. 달콤하면서도 씁쓸한, 그렇지만 부드럽고 여운이 남는 초콜릿이었다. 그 초콜릿 가게의 시그니처 초콜릿이었다.

"초콜릿이라는 본질은 같은데, 내가 너무 다르게 취급해 버렸어. 마치 달콤하지 않으면 초콜릿이 아닌 것처럼."

남자는 다시 박스 안에 있는 초콜릿을 입에 가져가 천천히 녹여 먹었다. 씁쓸하지만, 여전히 초콜릿 맛이라는 것은 변하지 않았다.

"달달할수도 있고, 씁쓸할 수도 있고, 알 수 없는 맛일 수도 있는데. 왜 나는 당연하게 단정을 지었던 걸까."

어느새 남자의 눈시울이 붉어지더니, 애써 코를 훌쩍이며 여자에게 전화를 걸었다. 전화를 받든 받지 않든 상관없었다. 전화를 받지 않으면 문자라도 남겨서 하고 싶은 말을 전할 예정이었다.

"여보세요?"

목이 멘 듯한 여자의 목소리가 들리자 남자는 눈물을 흘리며 말했다.

"우리, 내일 만날래?"

"...왜?"

"너랑 같이 초콜릿 먹고 싶어서."

"그래. 그러자."

"같이 먹고 싶은 초콜릿이 있어. 내가 사서 너희 집으로 갈게."

"그래. 알았어."

초콜릿처럼 녹여줘

"좀 진정됐어? 괜찮아?"

"응..."

대근은 손에 쥐고 있던 휴지로 다시 혜린의 볼을 톡톡 닦아주었다.

코를 훌쩍이며 고개를 푹 숙이던 혜린의 머리는 스르륵 대근의 쇄골로 향했다.

"마음이 이제 좀 따스한 것 같아."

"아까는 너무 차가웠어?"

"응. 너무 차가워서 너무 단단해지다가 깨져버릴까봐 두려웠어."

"괜찮아. 당분간 깨지지는 않을 거야. 이렇게 내가 따스하게 잘 붙어 있잖아."

"오빠, 나 달달한 것 먹고 싶어."

"초콜릿 가져올까? 무슨 초콜릿 가져올까."

"오빠는 아몬드 들어가 있는 초콜릿이 어울릴 것 같아."

"그럼 그걸로 2개 가져올게."

대근은 혜린에게 따뜻한 담요와 인형을 안겨준 뒤, 부엌에서 냉장고 안에 있는 아몬드 초콜릿 2개를 꺼냈다. 잠시 멈칫하며 고민하던 대근은 작고 귀여운 유리 접시 하나를 집어 초콜릿과 함께 혜린에게 돌아갔다. 혜린에게 접시를 건넨 대근은 접시 위에 초콜릿 봉지를 까서 올려놓았다.

"갑자기 이 접시는 왜?"

"잠시 초콜릿 먹지 말고, 있는 그대로 바라봐봐."

"나 지금 먹고 싶은데?"

"으으응, 그래도 한 번만 봐봐. 10초 만이라도."

가만히 초콜릿을 바라보는 혜린과 그런 혜린을 바라보는 대근. 대근은 혜린의 머리카락을 살포시 넘겨주며 다정하게 이야기를 꺼냈다.

"초콜릿 보니까 어때. 기분이 좀 풀려?"

"응. 그런데 지금 당장 먹으면 안 돼?"

"부족하면 내 것까지 다 줄게. 왜 이렇게 급해 귀엽게."

"빨리 달달함을 충전해야 기분이가 나아진단 말이야."

"그래그래. 지금 하나 먹어봐."

아몬드 초콜릿 하나를 혜린의 입에 넣어준 대근은 천천히 녹여 먹는 혜린을 보면서 천천히 말했다.

"어때? 초콜릿이 너무 차갑거나 단단하진 않아?"

"처음에는 조금 차갑고 단단했는데, 입안에서 녹여 먹으니까 바로 달달하고 맛있어지는데? 아몬드도 오독오독 잘 씹히고."

"귀엽게 잘 먹네. 오구오구."

"그런데 그냥 봉지 까서 먹으면 되는데 왜 접시까지 가져온 거야?"

"혜린이한테 하고 싶은 말이 떠올라서 말이야."

"나에게?"

"이거 초콜릿, 혜린이는 깨물어서 먹는 편이 아니잖아."

"응. 그렇지?"

"왜 깨물어서 안 먹고 천천히 녹여서 먹는 거야?"

"그래야 초콜릿을 더 오래 먹을 수 있잖아!"

"그런 단순한 이유 말고 또 있어?"

"음... 초콜릿 맛을 더 잘 음미할 수 있고, 녹여서 먹지 않으면 여운이 금방 사라지는걸."

"혜린이 말이 맞아. 초콜릿은 그런 성질을 가지고 있지."

"그런데 갑자기 초콜릿에 대한 이야기가 왜 나온 거야?"

대근은 웃으며 혜린의 머리카락을 쓰다듬었다. 그리고 접시에 담긴 마지막 초콜릿을 혜린의 입에 넣어주었다.

"오빠는 그렇게 생각해. 초콜릿은 차가울 때 단단하잖아. 있는 그대로의 형태를 잘 유지하면서 남들이 한눈에 알아보기도 좋고, 예쁘게 꾸며지기도 하지."

"음... 그렇지? 초콜릿이 차가울 때 단단하니까 막 초콜릿 가지고 예술 작품을 만들기도 하잖아."

"그런데 방금 혜린이가 녹여 먹은 것처럼, 따뜻함 하나로 초콜릿의 형태를 없앨 수도 있고, 녹여서 사라져 버리게 만들 수도 있어."

"맞아. 사실 같은 맛이라도 다르게 디자인되면 괜히 더 특별해 보이는 그런 거랄까."

"응응. 같은 맛이라도 어떻게 디자인되는지에 따라 값어치가 달라지잖아. 하지만 초콜릿은 보는 맛도 있지만, 먹는 맛이 제일 중요하다고 생각해. 혜린이는 이 말에 동의해?"

"당연하지! 초콜릿은 맛이 중요하지! 맛이 없으면 초콜릿이 아니지!"

"혜린이가 먹는 방식처럼 천천히 녹여 먹으면 예쁜

형태가 녹아버리지만, 진정한 맛은 무엇인지 알 수가 있잖아?"

"응!"

"나는 우리가 그런 초콜릿 같은 사람이라고 생각해."

초콜릿을 우물거리던 혜린은 대근의 말에 그대로 눈을 맞추고 멈췄다.

"사람들은 초콜릿의 겉모양만 보고 판단할 수밖에 없어. 가격을 보고 판단할 수도 있겠지. 하지만 결국 그 초콜릿을 판단하려면 직접 느끼면서 먹어야 하는 거잖아. 그게 사회 속에 우리랑 비슷하다고 생각해."

"하지만 겉모습이 무너지면 안에 무엇이 들어있는지까지 다 알게 되는걸."

"안에 무엇이 들었든, 직접 먹어보지 않고선 안에 있는 내용물이 겉의 초콜릿과 어울리는지, 어울리지 않는지 판단할 수 없는 거야."

대근의 말에 살짝 울컥한 듯, 혜린은 울먹이며 코끝이 점점 시려왔다.

"세상은 냉정하고도 너무해. 하지만 그 세상에 맞춰서 살아야 하는 우리도 참 불쌍하다고 생각해. 하지만 나만 알고 있는 나만의 맛과 느낌을 이용해서 가격과 겉모습으로만 판단하는 세상에 한 방 주먹을 날릴 수도 있다고 생각해."

"초콜릿이 그렇게 힘이 있을까?"

"맨 처음에 말했잖아. 초콜릿은 입안으로 들어가기 전까지는 단단하게 자신의 형태를 유지한다고."

"아....."

"그러니까 혜린이가 겉모습과는 다른 단단한 마음으로 순간순간을 살아줬으면 좋겠어."

" ....."

"오늘 많이 힘들었지? 속상하고. 겉모습이 녹아내리거나 형태가 이상해질까 봐 많이 불안했을거야."

"응... 맞아. 그럴까 봐 많이 힘들었어."

"우리 혜린이의 초콜릿은 깨지면 깨지는 대로, 녹아버리면 녹아버리는 대로 세상에 보여질거야. 애써 꾸미려고 하지 않아도 초콜릿의 형태로 사람들은 혜린이를 바라보겠지."

어느새 눈물이 다시 맺힌 혜린이를 꼭 껴안으며 대근이는 혜린의 등을 토닥였다.

"초콜릿의 상품 가치를 따지는 것은 세상이지만, 혜린이만의 특별함이 담긴 초콜릿을 발견해 주는 사람은 꼭 있을 거야. 마치 내가 너를 어떠한 초콜릿의 맛이 나든, 형태이든 상관없이 너라는 초콜릿이라서 사랑하는 것처럼."

"하지만 그 경우는 정말 특별한 경우 아닐까? 내가 나의 특별함을 어필해도 알아주지 못하는데... 심지어 나도 모르겠고..."

"혜린이의 초콜릿이 녹았더라도 혜린이를 알아볼 수 있는 사람은 알아볼 거야. 너무 세상에 맞추려 하지 않았으면 좋겠어."

"알아볼 수 있는 사람은 알아본다라..."

"모든 초콜릿처럼 비슷한 모양, 비슷한 질감, 비슷한 향이라면 혜린이만의 특별한 초콜릿이 될 수 없잖아."

"무슨 뜻인지 알 것 같아. 위로를 초콜릿으로 이렇게 전해주다니, 신기하네."

"그래? 나 좀 작가 같았어?"

"따스하고 달콤한 오빠 덕분에 한층 더 단단해진 느낌이야. 초콜릿 코팅이 되었다고 해야 할까?"

"다행이네. 내 위로가 너를 더 단단하게 만들어줘서."

"오빠가 작가해라! 작가해도 인정!"

"진짜? 그럼 네가 나 대신해서 코딩해줘!"

"네? 방금 뭐라고 말씀하셨죠?"

"으이구."

"아야!"

대근은 혜린의 볼을 귀엽게 꼬집었고, 혜린과 대근은 서로를 따스하게 바라보았다가, 확 끌어안았다.

대근에게는 포근하면서도 자신보다 더 따스한 온기가 느껴져서 그런지 혜린은 나긋한 말투로 말했다.

"초콜릿처럼 녹여줘. 이렇게 내가 힘들 때마다, 부서지고 위태로울 때마다."

"알겠어. 항상 초콜릿 녹일 준비 하고 있을게."

"고마워. 정말 내가 많이 사랑해 오빠."

"내가 더 많이 사랑해."

"오빠."

"응?" "오빠꺼 초콜릿 내가 먹어도 돼?"

"먹어먹어. 자!"

"우음~ 좋다!"

"네가 좋다니 다행이다. 나도 좋아."

"헤헤...고마워."

"으이구. 고마우면 더 껴안아 줘."

"응!"

달콤한 것

이 입술에 한 번만
혓바닥 위에 딱 한 번만
아니면 가련한 손 위에
제발 딱 한 번만

달콤한 초콜릿 같은
신체 어느 부위에든
닿자마자
스르륵 녹아내리는
순간의 쾌락을
딱 한 번만
더 건네주세요

미련한 놈일지라도

정신 나간 것 같더라도
그만큼 간절해요
그러니 당신의 사랑 물체를
나에게 닿게 해주세요

값으로 마음을 지불하고, 너를 사 왔다

포장지를 채 다 뜯지도 않았는데

새어 나온 향기에

어느새 매료돼 있었다

달달한 초콜릿

기운이 없을 때
깨물어 주면 먹는 초콜릿

일할 때 당이
떨어지면 한 조각씩
먹게 되네

어디서나 주머니에
갖고 다니는 다양한
초콜릿이 있네

달달한 맛과
약간의 쓴맛이 있어도
기운을 채워주리라

초콜릿 러브

아그작
초콜릿이 부서지는 소리가 둔탁하게 들린다

집으로 가는 길에 들린 편의점에서 사 온 초콜릿은
어느새 내 손에서 포장지가 뜯겨져
본연의 모습을 드러내며 내게 부서진다

거리에 만연한 발렌타인이라 적힌 벽보를 외면하다
결국 못내 집 가는 길에 사고야 말았던 것이었다.

달콤한 사랑의 맛이라던데
나의 사랑이 끝난 날에 맛보는 사랑의 맛이라니

지나치는 무수한 커플 사이에 홀로
남은 초콜릿을 입안에 욱여넣고
부서지듯 녹아내리는 초콜릿을 느끼며
걸음을 재촉한다

언젠가 이 초콜릿처럼 우리가 달콤하기를 바랐던 날
이 있었던 것 같은데

단맛이 남을 줄 알았던 입안에는
어느새 남겨진 텁텁함과 씁쓸함에
고개를 숙여 울컥이는 숨을 길게 내쉬어 본다.

고지식한 초콜릿

순간의 달콤함은 손끝을 각성시키더니
귀에 달라붙어 속삭였다

이제 씁쓸해질 차례야
혀
목
식도에 붙어
널 괴롭힐 거야
숨 쉴 때마다 고통에 신음하며
후회하겠지

나는 숨죽여 아무 말도 안 했다가
달콤함이 사라질 때 즈음-

퉤.

바닥에 달라붙은 그것은
내게 소리쳤지만

나는 이미 떠난 뒤였다

어설픈 그것은
빗물이 데려갔다

인간 퐁듀

가장 오래된 카카오나무의 열매는
매운 후추, 고추와 섞였다

초콜릿 모르는 옛사람들

해님 볼 줄 몰라 선글라스 쓰는 나
똑같은 맛이 났다

얼얼한 혓바닥 사이로
들개처럼 침을 흘렸다

무르익은 열매- 볶고, 다지고
굽고, 볶으며

입안 가득 채우는
풍부한 단맛을 알 때

구부정한 길
천 리 걸으며

푸른 잎사귀 녹여
싱그러워질 때

절벽 끝에 서서
검은 눈을 던졌다

뜨거운 태양- 일출에 몸을 담가
퐁듀가 되었다

달콤한 옷에 씁쓸한 알맹이로

달콤한 기억

한 번 맛보았던 극상의 달콤함은
쉽게 잊혀지지 않은 채
기억 속에서 맴돌면서
지칠 때 마다 그 상황을
버틸 수 있게 해주는 원동력이 된다
힘들 때 마다 무의식적으로
단 것을 찾게 되는 것처럼
그렇게 오늘도 일상에서의
힘든 일들과 고민들속에서도
달콤함을 찾아서 끝없이 헤맨다.

초콜릿 한입

초콜릿 한입을 물었을 때
너의 눈빛이 떠올랐어
달콤함 속 작은 씁쓸함
그것마저 너와 닮았어

한입 두입, 천천히 녹여가며
네가 내게 했던 말을 곱씹어
그 달콤한 목소리
그리고 그 속에 숨겨진 진심들

초콜릿이 사라질 때쯤
너도 사라질까 두려워
하지만 잔향만큼은 남겠지
너라는 기억처럼

초코우유

초코우유 한 잔을 마시며
너와 처음 만난 날을 떠올려
따뜻한 갈색 눈동자가
잔잔히 날 어루만지던 그날

부드럽고 달달했던 시간들
우리가 함께했던 날의 향기
네가 건넨 웃음 하나가
초코우유처럼 날 달래주곤 했어

하지만 시간이 지나면서
잔 속의 초코우유가
다 마셔질 때처럼
너와 나도 조금씩 비어갔어

달콤 쌉싸름 한 초콜릿의 사랑

모든 것을 담았습니다. 마치 자연스럽게 녹는 초콜릿
처럼, 제 마음에 모든 것을 담았습니다.

차가운 제 마음에 달콤하게 녹아내리는 초콜릿의 진한
부드러움을 선사하는 당신의 마음에 감사드립니다.

그토록 기다리고 기다렸던 쌉싸름했던 지난날들, 그
때는 왜 말하지 못했을까요?

제 사랑의 길에서 당신과 손을 잡고 함께 걷지 못했
던 망설임의 순간들,
그때 당신의 순수함이 가득 담긴
초콜릿 같은 사랑의 선물 덕분에
진한 부드러움 속에서 사랑에 녹아들 수 있었습니다.

I LOVE YOU

흔한 말이 내 마음을
전부 다 전해주잖아
그래서 이렇게 전해

나 이 제목으로
가사 쓰기 싫었어
너무 흔하잖아

너한테는 조금 더
특별한 말이 좋다고
생각했단 말이지

예를 들면
눈꽃에 내 단어를

담아 보낼게
이런 말들 있잖아

근데 너는 이해 못 하더라
아니 이해할 생각이 없던 건가
그런 멍청한 생각도 했지

하지만
막상 빨개진
네 얼굴 보니까
그건 아니더라

그냥 내가
멍청한 거였어

그래서 가볍게 전할게
I LOVE YOU
네가 준 초콜릿 위에
직접 써준 그 말처럼
I LOVE YOU

근데 울면 어떡해
내가 더 당황스럽잖아
그냥 웃어주면 안 될까?
초콜릿 먹은 나처럼

카페모카

커피 향 가득한 카페에 들어서
오늘도 주문한
카페모카 한 잔

커피에 초콜릿이 담뿍 녹아든
쌉쌀하면서도 달달한
카페모카 한 잔

내 일상에 녹아든 너 같아
너에게 스며든 나 같아

어우러지지 못할 것 같던 우리인데
어느새 이렇게 서로에게 물들어

카페모카 맛이 나는
쌉쌀하면서도 달달한
너와 나, 우리

초콜릿처럼 달콤했어

비록 짧은 시간이었지만

너와 함께했기에

그 시간이 마냥
초콜릿처럼 달콤했어

초콜릿 같던 너는

너는 마치 초콜릿 같았다

너는 씁쓸하면서도
달콤한 맘을 내는 초콜릿을 닮았다

나의 마음을 씁쓸하게 만들었다가도
달콤하게 녹여버리니.

사랑

사랑은 초콜릿 같더라

입에 넣은 한 조각이 분명히 썼는데
쓰디쓴 그 조각이 너무나 싫어서 뱉고 싶었는데

입안에서 다 녹아버린 순간에 느꼈어
진짜 달더라
너무 맛있어서 그 순간에 입꼬리가 올라갔는데
이미 다 녹아버린 후였어

조금 더 머금고 있고 싶었는데
한순간에 다 사라져 버리더라

달콤함에 조금 더 일찍 스며들어 볼 걸
그 한 조각이 너무 쓰더라도 싫어하지 말걸

초콜릿

유독 무기력한 날에 밥 먹기도 싫어서
밥 대신에 선물 받은 초콜릿 한입 베어 물었다

은박지 같은 포장을 벗기니
그 안에 초콜릿 조각으로부터 단 냄새가 코끝을 찌른다

그때 먹은 초콜릿은 정말 달았다

빈속을 완전히 메워주는 달콤함이
쓰기만 한 내 삶의 한순간이 되어주었다

초콜릿

국가에서 준 유일한 두 번째 마약
그 이름 초콜릿.

초콜릿 같은 사람이 되고 싶어요.

살이 찔 건 알지만
당이 떨어질 땐
필요로 의해 찾게 되는
나의 체지방과 맞바꾼
기회비용 같은 존재

먹을 거라는 생각 안 했지만
스낵바에서는 의지와 상관없이
눈빛과 손길이 반짝거려지는

발걸음을 멈춰 세우는 그런 존재

인생은 짧은 단맛, 긴 쓴맛
카카오 초콜릿은 쓴맛
밀크초콜릿 맛은 달콤한 맛

세상은 어떻게든 굴러가고 있고
우리 모두가 초콜릿 같은 존재입니다.

주기적으로 필요도 하고
어떤 사람에게는
쓴맛을 내게 되지만
어떤 사람에게는
달콤함도 공유되는

지구의 산소 같은 그런 존재

당신의 인생은 어떤 초콜릿인가요

당신의 인생은 어떤 초콜릿인가요

달달해서 침샘이 흐르는
달콤한 화이트초콜릿인가요

쓰디쓴 맛의 인생인 카카오 초콜릿인가요

외로운 삶을 살고 있는 개별 포장 초콜릿인가요

아주 부유한 삶의 벨기에 초콜릿 인가요

액수가 소액이어도
본인이 원하는 일을 하고 있는
미니쉘 초콜릿 인가요

찢어지게 가난해서 울고 싶은
밀카 초콜릿인가요

꼭 어떠한 초콜릿을 좋아하라는 법은 없습니다.

다 각자의 색깔을 지니고 있을뿐이지요.

인생에 정답은 없습니다.

내 나이 쉰하나에는...

사랑이 무언지 아직은 모르는
내 나이 스믈하나
그래도 나 너를 그리면서
눈물을 배웠다.

사랑이 무언지 아직도 모르는
내 나이 서른하나
그래도 나 너를 만나면서
눈물을 알았다.

사랑이 무언지 지금도 모르는
내 나이 마흔하나
그래도 나 너를 그리워해
밤 지샘을 배웠다.

사랑이 무언지 여전히 모르는
내 나이 쉰하나
그래도 나 너를 사랑을 해
밤 지샘을 하였다.

내 나이 쉰하나에
그래도 나 너를 사랑해서
녹아내린 내 마음 안에
달콤한 초콜릿 향 담았다.

핫초코

쌀쌀한 바람 좀 쐬볼까
오랜만에 집 근처 카페에서
따뜻한 커피 맛에 취한다

자주 마시던 핫초코
오랜만에 내 입술에 닿는
따뜻한 촉감이 사랑스럽다

그 추억들은 내 맘에
행복한 기억으로 자리하고
따뜻한 눈빛 속에서 멀어지네.

포기하지 않는 이유

매번 이번에는 다를 것이라
희망 가득한 말만 하는 너

그래, 혹독한 겨울이 지나면
따뜻한 봄이 오겠지
가파른 오르막길이 지나면
편한 내리막길이 나오겠지

그런데 말이야
봄이 누구에게나 따뜻한 건 아니란다
내리막길이 누구에게나 편한 건 아니란다

하지만 누구에게나
달콤함을 주는 것이 있지

각자의 가슴에

항상 품고 다니는

초콜릿 하나

달콤하지만 또 쌉싸름한

…

그래 다시 한번 해보자.

한 칸 한 칸

너를 만나기 전 나는
적당히가 없었다

기대는 너무 달고
후회는 쓰곤 했다

숨기고 싶은 상처일수록
잘 녹지 않았고

굳어있던 믿음은
금세 묽어졌다

어느 날 너의 목소리가
한 칸 한 칸 다가왔다

발등 위 떨어진 내 시선을
한 칸 한 칸 들어 올렸다

위로의 조각들이
한 칸 한 칸 일상에 퍼지자

웃음의 맛은 비로소
한 칸 한 칸 내가 되어간다

삶의 달콤한 위로 초콜릿

어린 시절, 나는 종종 할머니 댁 오래된 서랍장 맨 아래 칸을 살며시 열어보곤 했다. 그곳에는 언제나 나를 위한 작은 보물이 숨겨져 있었다. 투명한 비닐봉지 안에 곱게 쌓여있던 초콜릿들. 할머니는 내가 올 때마다 그곳에 새로운 초콜릿을 채워두셨다. 비록 여름이면 살짝 녹아 모양이 일그러지기도 했지만, 그때의 초콜릿만큼 달콤했던 것은 없었다.

초콜릿은 단순한 과자가 아니다. 그것은 때로는 위로가 되고, 때로는 축하가 되며, 때로는 사랑의 고백이 되기도 한다. 발렌타인데이에 누군가에게 건네는 수줍은 마음, 시험을 마친 후 스스로에게 주는 작은 선물, 우울한 날 혼자만의 위안으로 찾게 되는 달콤한 친구. 초콜릿은 그렇게 우리의 일상 속에서 여러 가지 의미로 존재해 왔다.

특히 군대에서의 초코파이는 특별한 의미를 지닌다. 면회 올 때마다 어머니가 건네주시던 초코파이 한 박스. 그것은 단순한 간식이 아닌, 고된 훈련 속 작은 위안이자 희망이었다. 생활관에서 동기들과 나눠 먹던 초코파이 한 조각은 잠시나마 우리를 일상으로 데려다주었다. 야간 근무 때면 피곤한 눈을 비비며 꺼내먹던 초코파이는 어둠 속의 작은 달빛 같았다. 휴가 복귀 시 항상 사 가던 것도 초코파이였다. 그것은 마치 고향의 맛이자, 전우애를 나누는 매개체였다. 지금도 초코파이를 볼 때면 그 시절이 떠올라 묘한 미소를 짓게 된다.

카카오 함량 70% 이상의 다크 초콜릿을 조각내어 입에 넣으면, 처음에는 약간의 쓴맛이 혀끝을 스친다. 하지만 그 쓴맛이 녹아내리면서 서서히 드러나는 깊은 단맛은 마치 인생과도 같다. 우리의 삶도 때로는 쓰디쓴 순간들이 있지만, 그 시간을 견디고 나면 어느새 달콤한 순간들이 기다리고 있는 것처럼.

작은 초콜릿 가게에서 경험했던 기억이 있다. 창밖으로 비가 내리던 늦은 오후, 가게 안에는 초콜릿을 만드는 달콤한 향기가 가득했다. 유리 진열장 안에는 마치 보석처럼 반짝이는 초콜릿들이 줄지어 있었고, 장인의 손길로 하나하나 정성스럽게 만들어진 그것들은 마치 예술 작품 같았다. 그곳에서 나는 초콜릿이 단순한 과자가 아닌, 하나의 문화이자 예술이 될 수 있다는 것을 깨달았다.

초콜릿의 역사는 인류의 역사만큼이나 깊다. 고대 마야 문명에서는 카카오를 신성한 음료로 여겼고, 아즈텍 제국에서는 화폐로도 사용했다. 유럽에 전해진 후에는 귀족들의 사치품이었다가, 산업혁명을 거치며 비로소 대중적인 과자가 되었다. 그 긴 여정을 거치면서도 초콜릿은 언제나 사람들에게 특별한 의미를 지니고 있었다.

때로는 스트레스를 받을 때 무의식적으로 초콜릿을 찾게 된다. 과학자들은 초콜릿에 포함된 페닐에틸아민이라는 성분이 우리 뇌에서 행복 호르몬을 분비하게 한다고 설명한다. 하지만 나는 그것이 단순히 화학적인 반응만은 아니라고 생각한다. 초콜릿을 먹을 때면 떠오르는 따뜻한 추억들, 그리고 그 달콤함이 주는 작은 위안이 우리의 마음을 달래주는 것이다.

요즘도 가끔 퇴근길에 들르는 작은 초콜릿 가게가 있

다. 진열장 안의 초콜릿들을 고르는 순간만큼은 마치 어린 시절로 돌아간 것 같은 설렘이 있다. 하루의 피로를 달래줄 한 조각의 초콜릿을 고르면서, 나는 다시 한 번 이 달콤한 위안을 선물해 준 누군가에게 감사함을 느낀다.

초콜릿은 단순한 과자 그 이상이다. 그것은 추억이고, 위로이며, 사랑이다. 때로는 쓰디쓴 인생의 순간들을 달콤하게 만들어주는 작은 마법 같은 존재. 오늘도 나는 서랍 한켠에 몇 조각의 초콜릿을 간직해둔다. 그것은 언제나 나를 기다리고 있는 작은 행복이니까.

내 입의 초콜릿

달콤한 기억

서랍 깊숙이 숨겨둔

어린 시절의 비밀처럼

살며시 녹아내리는

초콜릿 한 조각

쌉싸름한 첫 키스의 떨림도

달콤했던 사랑의 속삭임도

시간 속에 녹아내려

갈색 추억이 되었네

울컥 울음이 날 것 같은 날

혀끝에서 녹아내리는

작은 위로

때론 쓰디쓴 다크초콜릿처럼

견디기 힘든 시간도 있었지만

결국 우리는
달콤해질 거야
마치 밀크초콜릿처럼
부드럽게, 천천히
오늘도 나는
초콜릿 한 조각에
설렘을 담아
내일을 기다린다

초콜릿 놀이동산

햇살 좋은 시간에, 분홍 의자에 앉아서 눈을 감고 초
콜릿을 한입 넣자마자
갑자기 주변이 초콜릿 놀이동산으로 바뀌었다.
나는 어느새 그 입구에 서 있었고, 입속에 초콜릿이
살살 녹으면 작정이라도 한 듯,
놀이기구가 마법처럼 움직이기 시작했다.
꿈이라면 깨기 전에 냉큼 롤러코스터에 탑승했다.
민트초코의 강력한 치약 맛에 움찔하며 롤러코스터
를 멈추고,
초콜릿 분수로 발걸음을 옮겼다. 마구 튀어 오르는 초
콜릿 물방울을 입속으로 골인시키다가
그 옆에 초콜릿 연못이 눈에 띄었다.
그 아래 떨어진 초콜릿 열매를 낚아서 신나게 빙빙
돌다 보니 어느새 회전목마 앞이었다.

온통 초콜릿으로 범벅된 목마에 올라타 마음껏 초콜릿을 떠먹다가

"하은아!" 내 이름을 부르는 소리에 눈을 뜨니 놀이동산은 온데간데없고

 나는 분홍 의자에 앉아 있었다.

그 순간 내 입속에 초콜릿도 사르르 녹아서 사라졌다.

이것은 과연 나의 상상이었을까? 꿈이었을까. 하고 두리번거리는데

목마 위에 손잡이를 잡다 잔뜩 묻었던 초콜릿의 흔적을 발견했다.

어딘가에 초콜릿 놀이동산이 있는 것은 아닐까?

어딘가에 있다면 나를 초대장을 보내주었으면 좋겠다.

뭐, 초대해 주지 않아도 괜찮다.

초콜릿을 잔뜩 쌓아둔 우리 집이야말로 초콜릿 왕국이니까.

바람과 비

방금 한입 베어 먹은 초콜릿에서는 묘하게도 바람의
맛이 느껴졌다.

초콜릿을 입에 넣으면 첫맛은 고소하다가 달콤함을
이어서 쌉싸름한 맛이 느껴지곤 하는데,

조금 전에는 초콜릿이 녹아 사라지는 순간에 바람의
맛을 느낀 것이다.

불어오는 봄바람을 꿀꺽 삼키면 초콜릿처럼 달콤한
맛이 날 거 같은 기분 좋은 상상을 한다.

이때 내 마음을 아는 듯이 초콜릿이 입에서 바람처럼
녹아내린다.

사르르 사라지는 초콜릿 방울은 마지막으로 온 힘을
다해 폭죽을 터뜨리다가

완전히 녹아서 머리 위에 초콜릿 비가 되어 걱정을
씻어준다.

이 세상도 달디단 비에 흠뻑 젖어서 달콤한 향기가
멀리 퍼졌으면 좋겠다.
모두가 행복하도록 말이다.

사랑에 빠진 초콜릿

달콤한 향기로 내게 다가온 미스터 초콜릿.

밤하늘의 별에 달디 단 사랑을 부은 듯이
눈부시게 빛나는 우리만의 별나라가 좋아요.

빼빼로 안테나와 설탕 감지기로
굳게 닫힌 내 마음의 문을 단숨에 녹인 그대는 나만
의 초콜릿.

사르르 녹아내릴 때쯤
하얀 우유 속으로 풍덩 뛰어드는 용감한 그대

사랑으로 둘러싼 우리의 세계가 녹아 사라진다 해도
끝없이 빛나는 별들에 초콜릿을 이어서
그대를 영원토록 그려낼 거예요.

'초콜릿', '연인'

초콜릿 상자를 열면
사랑을 담은
한 조각 또, 한 조각

한 조각에 너의 마음을 걷고
한 조각엔 너의 마음에 닿고
한 조각에 사랑의 말을 들려주고

또, 한 조각엔 아픈 마음을 안아줄
그리움을 헤아려줄 초콜릿

달콤한 사랑의 향기로
여운을 남기며 녹아들어
모든 감정을 부드럽게 감싸안아 줄 초콜릿

다른 시간, 다른 공간의 감정도
같은 마음이길 바라는

너 밖에 볼 수 없는
내 마음

초콜릿이 전하는
네 마음의 유영

너의 달콤함에
스며들고 싶은 마음

너를 위해 계속 초콜릿을 만들게

난 사실 널 좋아하고 있어. 그래서 난 너에게 어떻게 다가갈까 엄청 고민했었어.

넌 몰랐겠지. 내가 너에게 준 초콜릿이, 내가 연습용으로 만들었다는 게 아니라, 오직 너를 위해 만든 초콜릿이라는 사실을 말이야. 난 아직도 기억해. 그때 너의 눈빛과 웃음, 나에게 고맙다며 새콤달콤을 건넨 너의 따뜻한 손을 말이야. 내가 널 좋아하는 마음을 숨기기 위해 연습용으로 만들었다던 초콜릿을 많은 사람에게 나누어주었어. 사실 알길 바랐어. 내가 널 좋아하고 있다고, 날 바라봐 줄 수는 없겠냐고 말이야. 난 사실 지금 많이 후회해. 그때 널 잡지 못한 내 자신이 후회돼. 넌 나만의 달콤한 초콜릿이었어. 날 늘 웃게 해주고 설레게 해주는, 나의 마음을 사로잡은 페레로 로쉐 같았어. 그때 잡았어야 했나 봐. 내가 너에게 준 초콜릿이 너의 기억 속에 남아있으면 좋겠는데, 넌 아직 기억할까? 그렇지만 괜찮아. 내가 한 번 더 용기를 내어서 너에게 다시 다가갈게. 그때보다 더 맛있고 달콤한 초콜릿을 만들어줄게. 너와 내가 함께 초콜릿을 먹을 그날까지 난 포기하지 않을게.

마법의 초콜릿

마법의 초콜릿이 있었으면 좋겠다

좋은 기억은
영원히 잊히지 않고
나쁜 기억이었다면
그 기억조차 흔적을 남기지 않도록 하는
그런 초콜릿이 있었으면 좋겠다

아픈 기억이라면
그 즉시 사라지게 해줬으면
그런 초콜릿이 있었으면 좋겠다

초콜릿을 싫어하는 사람임에도
나쁜 기억을 사라지게 하고 싶어서

먹고 싶어 하는

그런 초콜릿이 있었으면 좋겠다

초콜릿 한입

사르르 녹아드는 순간
혀끝이 닿아 너를 삼킨다.

기다리던 순간이 다가와
나를 삼키고는
녹는 시간에 나를 감싸고
기다리던 너를 감싸안는다.

초콜릿처럼 달콤했던
그 시절이 다가와
뇌리를 스친 너를 삼켜내고

보이지 않던 향기로
너를 맞이한다.

입안 가득 퍼지는 네 기억
수없이 많은 네 추억이
한입에 녹아 사라지고

마치 없었던 것처럼
나를 슬프게 만든다.

너란 존재는 그렇게
사라진다.

마치 없었던 것처럼...

초콜릿

당신이 준 달콤함에 빠집니다.
한 번 빠지니 헤어 나올 수 없네요.
당신은 형태까지 완벽했고 저는 그런 당신께 반합니다.

제게 와주세요.
저를 구원해 주세요.
저를 사랑해 주세요.

달콤한 사랑

생각만 해도 입가에 미소가 번지는 건

쌉쌀함에서 퍼지는 달콤함이

한번 맛보면 잊을,
수없이 빠져드는 매력

입안에서 오래 머물길 바라는 건
사라져 버리는 아쉬움이 너무 커서

자꾸 보고 싶고
생각나고

널 찾게 되는 건

초콜릿 너라서

갈색 건물

네모난 것 위에 네모난 것이 있는 것이 꼭
우리가 살고 있는 이곳같이 생겼다

다른 것이 있다면 이곳은 달콤하지는 않다

누군가 맛있게 싹 핥아서
경계하는 모든 것이 그대로 녹아내리면 좋겠다

한 번 맛보면
쪼개어 나누어 먹고 싶은 그 마음처럼
달콤하게 입속에 녹아내리면 좋겠다

씁쓸함을 품는 방법

하얀 씁쓸함이 익숙했던 시간은
더 이상 익숙하지 않게 되었다

우리라는 기준이 없어진 바깥을
우릴 찾는 이들이 정의하는 것은
아직 우리를 모르기 때문이라고
보다가 낯선 냄새에 갇힌 뒤로

스민다는 것은 존재를 잊는 시간
무엇이 남았는지조차 모르기에
바라보는 하늘조차 미지의 색인
시간은 씁쓸할 틈조차 주지 않고

빠져나온 씁쓸함이 모르는 시간을

나는 달콤함으로 채울 뿐이었다

일말의 씁쓸함이라도 남아있길
바란다는 마음으로나마

카카오의 종착역

모든 순간을 넘어야만 했다
저들에게 다가가기 위해서

듣곤 했던 노래를 흥얼대며
보낸 시간은 잠긴 지 오래

나의 색은 알 길이 없지만
적어도 외로움과 권태는 아니기를
붉게 바랜 듯 갈색이 된 주변으로

찾아오는 낯선 색깔로 물든 듯
들리는 것은 눈을 감는 소리
이후로 찾아오는 눌림과 섞임
너머로 보이는 각자의 김과 거품

이후로 넘은 것들은 기억나지 않는

지금, 나의 색은 누군가의 붉음이자

누군가의 일부로 살아있나 보다

초콜릿 같은 당신

힘들었던 하루를 달달함으로
가득 채워주는 당신

미소 한 번에
초콜릿 속 카페인을 먹은 듯 두근두근

언제나 나에게 다정한 말을 나눠주는
당신의 달달함에 중독됩니다.

당신 한 조각 나 한 조각
서로 사랑을 나누며
인생에 녹여내고

너무 빨리 녹지 않게
낮은 온도로 오래오래
사랑해요 우리

유월의 두 자리

겨울이 다시 시작되었다. 입김이 퍼질 여유도 없이, 굳게 다문 입술 사이로 씁쓸한 린트 초콜릿의 끝맛이 가라앉았다. 혀 사이에 남은 아몬드 조각을 눌러 씹으며 어젯밤, 몽마르트르 길목에서 구매한 몽블랑과 마카롱 6구를 안고 새벽부터 테제베 열차로 향했다. 파리에서 루체른으로 향하는 열차는 북적이는 짐 공간과 이미 사람들로 가득한 좌석으로 이어졌다. 캐리어를 욱여넣고 알 수 없는 언어 사이로 엉겨 붙은 심상을 피하며 세게 좌석 문을 열었다. 벌써 에어팟을 꼽고 눈을 붙인 남자, 피곤한 듯 창가에 기댄 채 흠칫한 영화를 감상하는 여자, 기름이 쏟아지는 베이컨 햄버거를 물고 있는 사람, 그리고 이들을 지나 왼쪽 라인의 36번 푯말 아래는, 우리가 만났던 유월의 자리가 있다.

나중에 알고 보니 자리를 바꿔 달라는 친구의 요청으로, 정말 어쩌다 내 옆자리에 앉게 되었다는 너는, 동그랗게 묶어 올린 머리에, 눈꽃이 새겨진 분홍색 니트 소매를 당긴 채로 창가에 기대고 있었다. 너의 뒤로 비친 창문 사이로 보이는, 테제베 일 층에 길게 늘어선 줄이 보였다. 밀려오는 사람들을 비켜 서둘러 가방을 앞으로 메다 너와 눈이 마주쳤다. 칼끝 사이로 사무치는 레몬 빛의 버터를 크루아상에 신중히 바르던 너는, 복도에 서 있는 나와 어색한 듯 인사를 나눴다.

적막을 풀고자 널어놓은 간식은, 너와 나 사이좋은 다과가 되었다. 초콜릿, 레몬, 바닐라 맛 중에 한참을 고민하던 너는, 레몬 마카롱을 집더니 한입 베어 물고는 한참을 음미했다. 잠시 뒤, 지난 파리 여행이 벌써 그리워진다면서 웃음을 보였다. 자신이 베르사유에서 산 티백과 찍은 사진들을 보여주며 날씨가 얼마나 추웠는지, 그날 입은 원피스가 얼마나 예뻤는지 등에 대해 설명했다. 앞자리에 마주 앉은 친구와 한참 맞장구를 치다가도, 한 번씩 나를 호기심 가득한 눈으로 바라보았다. 문득, 말을 놓는 것이 어떠냐는 너의 말에,

겨우 뱉은 말이 -노력해 볼게요- 뿐이었지만, 가벼워진 말만큼, 그리고 출발한 열차만큼 서로를 빠르게 알아갔다.

설산의 해가 창문에 깃드는 사이, 너는 잠든 친구들을 바라보다 이어폰으로 같이 음악을 듣자고 했다. 해가 비친 산에 무르익은 초록 잎처럼, 우리 둘 사이의 켜진 블루투스는 열차의 진동조차 잊게 만들었다. 묵묵히 음악을 듣는 나의 반응을 살피는 듯, 너는 초콜릿을 또각-하고 자르며 나의 얼굴을 빤히 보았다. 작은 조각을 건네며 스치던 차가운 손이, 잠시 붙인 눈 사이로 스며드는 네 관심이 반가웠다. 우리는 한참 창밖 눈이 덮인 산을 보며 서로를 감상했다. 너와 나눠 낀 이어폰 사이로 흘러나오는 전주가, 나의 심장 소리인지, 너의 소리인지 헷갈리면서, 축복이 별처럼 쏟아지는 밤처럼, 터질 듯한 박동이 차오르는 해와 달처럼 터지고 있었다.

우리가 나란히 겨울 하늘을 가로지르는 사이, 조금은 덤같이 주어진 우리의 만남에 가루를 뿌려댔다. 보글

보글 끓는 옥수수수프에 뿌리는 후추처럼, 어쩌면 운명일지도 모른다는 기대, 설렘, 조심스러운 추측까지. 성급한 입자들이 구석구석 쌓여갔다. 그날 밤, 기차에서 찍은 스위스 사진이 한 장도 없다는 것을 알았을 때, 오늘의 풍경은 오롯이 너뿐이었음을 알았을 때, 네가 내 한구석을 열차보다 빠르고 뜨겁게 비집고 들어온 것을 알았다. 우리는 함께 주름진 마음을 펴가며 복잡한 테두리의 퍼즐을 맞출 수 있을 것만 같다. 서로의 옆자리에 탑승할 그 좋은 날을, 감히 그 일치를 기대하게 된다. 봄이 온다. 기다림의 결실을 볼 수 있다면, 만개한 벚꽃 사이를 너와 함께 뛰고 싶다. 정처 없이 흔들릴 그날의 나뭇가지처럼, 오늘따라 마음이 뭉근히 설설하다.

-네가 남긴 초콜릿, 그 두 조각을 곱씹으며, O.J.

매력

진하게 녹아든 매력에
감사함을 전해요.

온 힘과 마음을 다하며
단 하루도 허투루 낭비하지 않고
살아내는 당신의 진득한 인생이
오늘 나의 걸음에 녹아있습니다.

매 순간 달달한 것만은 아니지만
뜻대로 되지 않는 쌉싸름한 매력 덕분에
선택의 갈림길에서 신중함을 배웠습니다.

때로는
카카오 85퍼센트 같은 쌉쓸한 실패가

몸과 마음이 단단해지는 성장의 발판이 된다는 걸
이제는 알 수 있습니다.

그렇게
뜻과 정성을 다해
주어진 나의 오늘을
후회 없이 사랑하며 살아내렵니다.

쉴 새 없이 달려가는 인생길에
우리와 너희를 격려해요.

더 큰 유익을 계산하지 않고
작은 한 조각까지 즐거이 나누며
따듯하게 감싸는 당신의 위로가
오늘 나의 시간에 녹아있습니다.

순식간에 지나는 달콤한 순간이
영원할 수 없다는 걸 알았기에
인생의 유한한 한계를 배워갑니다.

녹아 없어질 부드러운 유혹에 휘둘리지 않고
주어진 오늘을 감사해하고
남겨진 나와 너를 고마워합니다.

그렇게
내 삶에 녹아든
깊고 진한 매력을
아낌없이 나누며 살아내렵니다.

포레스트 웨일

공동 작가

순간

순간

공허한 세상 속에서 내 편 하나 없이
혼자서 버텨내며 또 하루의 순간을
살아가고 있네

폐허 같은 내 삶 속에서는
한순간의 기쁨도
한순간의 행복도
느낄 수가 없다.

폐허 같은 내 삶은
그저
몰아치는 시련과
끊임없는 절망과 고통뿐이다.

그럼에도 불구하고

비틀거리는 내 몸을 겨우 일으켜 세워

무의미한 삶을 살아가는 게 맞는 걸까...

매 순간

나는 어렸을 적부터 매 순간 긴장 속에서 살아야만 했었고, 매일, 매 순간 불안과 두려움을 안고 살아야만 했었다.

그뿐 아니라 몸이 자유롭지 못한 나는 친구들이 놀리거나 괴롭혀도 아무렇지 않은 듯하며 남몰래 눈물을 삼켜야 했었던 날들도 많았었지.

어른이 되고 나이가 들면 익숙해져서 괜찮을 줄 알았지만, 살아보니 그게 아니더라 열심히 산다고 살아도 난 늘 제자리걸음만 하고 있고, 세상 사람들이 날 쳐다보는 따가운 시선은 예나 지금이나 마찬가지이니까..

그래서 나이 든 어른이 된 지금도 매 순간 긴장과 말로는 다 할 수 없는 상처 속에서 허우적거리며 살아가야 한다는 게 참 서글프다.

그때 그 순간

시간을 되돌릴 수만 있다면
당신과 처음 마주했던 그때 그 순간으로 돌아가고 싶
어요.

아주 짧지만 당신을 만나 함께
마주 보던 그 순간은
내게는 꿈같은 순간이었어요.

나를 보는 당신의 눈빛은
따스한 햇살 같았어요.

당신의 손길이 스치는 그 순간
오래도록 곪고 곪은 나의 상처를 어루만져 주는 듯해
서 난 그때 그 순간을 아직도 잊을 수가 없어요.

그때 그 순간 같은 꿈같은 날이

내게 다시 한번 더 찾아온다면

난 정말 행복할 것 같아요.

가치관

넌 너무 중요한 게 많았다.
그중에 내가 제일 먼저였으면 했다.

하지만 넌 먼저 알았던 거였다.

내가 첫 번째가 아니었던 게 아니라,
모든 걸 안을 수 있는 사람이어야 한다는 걸

나는 그걸 모르고
서운하고 슬프고 마음이 아렸다.

왜 이렇게 작은 내 마음도 못 알아주냐고 울고 떼썼다.

가치관의 차이라는 걸 아주 늦게 깨달았다.

내 가치관도 늦게나마 비슷한 쪽으로 변했지만

그땐 이미 손을 놓아버린 상태였고,
돌이킬 수 없었다.

후회가 빗발쳐도 어쩔 수 없는 상태가 되었다.

아름다운 순간 그 별빛처럼

별들이 찬란하게 빛을 내뿜는
그 순간에도 넌 참 예쁘다

밤하늘에서 수색 가지의
별들이 있는데도 넌 참 예쁘다

불꽃놀이

밤하늘에 폭죽이 터진다
팡팡하고 터지는 불꽃들의 향연
밤하늘을 아름답게 꾸며놓는
형형색색의 놀이

불꽃놀이를 보는 연인들과
추억을 쌓는 가족들 그리고
우정을 나누는 친구들

불꽃놀이의 피날레를 장식할 때
사람들은 마음속에 불꽃놀이를
영원히 간직하며 잊지 못할 순간들을 기억한다

먼저 내밀 수 없는 순간

시간이 답이었음을...

순간에 자제할 수 없던 감정도

조금씩, 조금씩

정화되듯 맑아지고 있을 때

먼저 손 내밀까?

그냥 기다려볼까?

망설임 속에 만감이 교차하는

어리석음도 있었지만

쉽게 할 수 없었던 자존심

쿨하게 떨쳐버리자!

내 머릿속에 지우개를 사용하려 할 때

모든 걸 잊어버렸다는 톡!

서로 생각이 같았음에

미소가 먼저 나옵니다.

처음으로 되돌아가기는

어색할지라도

서로의. 노력으로. 맺어지는

무슨 일 있었냐는 듯

태연한 다정한 목소리에

또 한 번의 슬픈 순간의 사랑은 가고

또다시 찾아온 순간의 사랑

이젠 똑같은 순간의 실수

반복되지 않기를 속삭여봅니다.

너에게 느꼈던 온도

쌀쌀한 가을 날씨
작은 입김이 전해온
그대만의 온도로
내 안을 뜨겁게 데워
오래도록 따뜻하게
안아 주었다
처음 만난 첫사랑으로
이 순간을 간직했던
너의 하루가
너와 함께 있어
사랑이 뭔지 알게 해주었어
너를 다시 볼 수 있을까
그대 웃음꽃이 핀 모습으로

다가와

모든 순간의 변화된

내 모습을

당신 눈 안에 담겨온

봄을 꽃으로 만든다

원래도 예뻤지만

자꾸만 뒤돌아보게 되는

당신 모습을 그려보고 싶어

고백했던 그 시절이 떠오르네요

오늘도

참으로 곱습니다

사랑을 배우는 순간

암막 커튼이 걸린 창문을 열면 항상 다른 세상에 온
듯한 느낌이다 밝고 환한 바다처럼 내 방의 먼지는
물고기와 같이 항상 떠다닌다 먼지는 내 핏물 묻은
작은 심장 덩어리 같다

매일 콩닥이는 내 심장은 일 분에 80회씩 콩닥이고
바다의 여인을 볼 때면 심장 박동 수가 150 파도처럼
요동친다

바다의 파도는 너를 떠밀어 나를 보게 해 줬다 모랫
바닥 위 조개껍질에 찔린 발과 떠밀려 온 너의 발이
맞닿을 때
넌 머리카락을 한쪽 귀 옆으로 넘겼고 발의 통증도
잊게 할 무해한 미소를 띠었다

밖에서 불어오는 바람에 먼지가 날아가고 내 심장도
함께 날아간다 한없이 길어진 물결처럼 바다의 여인
에 향한 마음도 늘어진다

첫사랑과 함께하던 달콤한 순간들

어느 날, 나는 생각했다.

'나, 이 사람을 좋아했었구나.'라고 말이다.

어느 순간부터였을까. 친하게 지냈던 우리는 동네 친구였기에 워낙에 서로 잘 맞았다.

나는 동네 친구가 없었다. 초등학교 시절부터 먼 지역에 기숙사 학교에 다니던 나는 친구들은 많이 사귀었지만, 정작 우리 집과 가까운 친구는 아예 없었다. 집에 있는 시기가 되면 나는 혼자 상상의 친구와 놀며 쓸쓸히 지내고는 했었다.

그러다 고등학교 시절이었다. 그 당시에도 친구는 조금 있었다고 할 수 있지만, 정작 동네 친구는 아예 없었다. 그렇게 하루하루를 지내던 어느 날, 그 친구가 나타났다.

"얘들아 안녕?"

오늘 전학을 온 친구였다. 고등학교 2학년의 막바지였기에 조금 늦게 전학을 왔구나 싶었는데 친하게 지내고 싶게 만드는 매력을 소유한 그녀였다.

"안녕! 너는 어디에서 왔니?"

믿을 수 없었다. 우리 집에서 단 5분 거리에서 살던 동네 친구이었던 것이다. 그렇게 만나보고 싶었던, 내가 그토록 바라던 동네 친구라니, 무조건 친해지고 싶은 그런 사람이었다.

이후 우리는 급속도로 친밀해졌다. 서로 잘 맞았기에 우리는 학교에서 붙어 다녔고, 집으로 가는 길에도 붙어 다녔다.

그렇게 행복한 시간을 계속 보낼 줄로만 알았다.

어느 날, 평소와 같이 장난을 치려 했던 나는 그녀의 말에 그만 당황하고 말았다.

"너 이제 나한테 장난치지 마. 말 걸지도 말고."

평소에도 했던 장난을 받아주지 않았던 것이다. 내가 또다시 다가가 보아도, 애써 무시하고 화를 내며 다가오지 말라던 그녀의 모습에 나는 그만 울음이 터지고 말았다.

내가 무엇을 잘못한 걸까...? 아무리 생각해 봐도 장난 친 것 말고는 나를 거절할 만한 이유조차 떠오르지 않았다. 그 이후, 우리는 손절하게 되었고, 더 이상 친구로서도, 사람으로서도 만날 수 없었다.

나의 그 당시 감정은, 그저 단짝 친구 사이라고 생각했다. 단짝 친구로서 친했던 순간들을 떠올리며 예전의 그 추억들을 그리워하며 시간을 보내고 있었다.

손절한 그 이후, 난 아직도 이유를 찾지 못했다. 다만, 새로운 생각이 내 뇌 속을 채우기 시작했다는 것 정도만 알 수 있었다.

그 당시 내가 그녀에게 느낀 감정은 우정이 아닌 사랑이라는 것. 그 사랑이 바로 첫사랑이라는 것. 그 친구와 함께했던 순간들은, 나에겐 가장 큰 행복이었고, 우리의 마지막 하굣길은 다시는 오지 않을 첫사랑과의 마지막 순간이었다는 것.

이것을 깨닫자 난 다시 한번 눈물을 흘릴 수밖에 없었다. 얼마나 좋은 친구였는지, 그리고 나에겐 얼마나 소중한 존재였는지 깨달았던, 그녀와 함께하던 달콤한 순간들이었다.

독자분들은 첫사랑과 함께하던 달콤한 순간들이 있었나요? 저는 첫사랑이라는 것을 지나고 나서야 알게 되었습니다. 첫사랑과 함께하던 순간들은 이젠 다시 돌아올 순 없지만 그래도 행복했던 순간들이었음을 다시 한번 더 깨닫게 되는 순간이 바로 첫사랑이라는 것을요.

새벽빛 순간들

너와 함께하던 모든 순간들은
마치 새벽빛 같았어

별빛이 은은하게 빛나는 지금 이 순간,
너와의 포옹은 나를 밝은 미소 짓게 해

달빛이 밝게 빛나는 지금 이 순간,
너와의 키스는 나를 빛나게 해

지금 이 순간,
이 모든 순간들은 새벽빛으로 기록되어
너를 그리워하게 만들거야.

지금 이 순간,

보고 싶다.
새벽빛으로 빛나는 너를.

순간의 마법

나도 모르게 어느 한순간이
지루함으로 날 잠식 시켜.
거기에 머물지 마.
빠져나갈 방법을 찾아.
어떻게 하면 이 순간을 아름다움으로 역전시킬지
내가 좋아하는 걸 찾아 누려.
그래야 이 순간이 짜릿한 다른 순간으로
눈 깜짝할 순간에 바뀌어.
찾아. 넌 알고 있어.
어떤 게 널 행복하게 만드는지.

순간을 정지했다

'지금 네가 잠드는 순간, 이 세상에 정지를 선택할 수 있다면 선택할 거야?'

매일 밤, 나는 잠이 들기 바로 직전 이 목소리를 듣는다. 다른 목소리도 아닌, 내 목소리로 말하는 이 문장이 항상 매일 후회와 고통을 가져다준다는 것도 안다. 그런데 나는 항상 선택하지 못하고 잠들어버린다. 세상이 너무 무거워 감당하지 못했던 탓일까, 눈꺼풀이 잠기는 동시에 악몽이 시작된다.

"하아…."

오늘도 그 목소리는 나에게 말을 걸겠지. 그리고 아마 나는 또 답을 못한 채 새로운 아침을 맞이할 것이다.

뚜두둑- 약봉지를 뜯어 한입에 여러 알을 삼켰다. 몇 년씩 먹다 보니 10개 이상의 약도 한꺼번에 먹을 수 있게 되었다. 그리고 옆에 노란색 원통에서 꼭 4알씩 꺼내 먹는다. 처방은 하루 2알이었지만, 어느 순간 한 알씩 내 몸 상태의 눈치를 보며 늘려나갔다. 요즘에는 5알을 꺼낼까 말까 고민 중이다. 당연히 들키면 혼나는 짓이지만, 어째서인지 내 몸이 계속 약을 원했다.

"5알…. 먹어볼까…."

쌓아놓은 약은 많다. 그러니 나는 이번에도 한 번 늘려보겠다.

'운이 좋으면 눈이 떠지는 거고, 아니면 의식도 없이 죽겠지.'

5개의 알을 털어먹고 누운 나는 눈을 감았다. 그런데 시간이 지나도 내 목소리가 들리지 않았다. 괜히 뒤척이고 이불을 다시 덮어보고 눈을 비벼보았지만, 악몽의 시작인 문장이 나에게 오지 않았다. 결국 다시 일어나 노란색 원통 앞으로 향했고, 자연스럽게 한 알을 다시 먹었다. 침대에 누워 이제 잠이 좀 쏟아지려나 싶은 순간, 심장이 뛰는 소리와 함께 목소리가 들려왔다.

"지금 네가 잠드는 순간, 이 세상에 정지를 선택할 수 있다면 선택할 거야?"

"응…. 선택할 거야."

눈을 감고 대답을 한순간 놀라 번쩍 눈을 뜨고 일어

났다. 아무 일도 없었다는 듯, 악몽도 없이 고요한 햇살이 나에게 다가왔다.

"뭐지? 꿈인가?"

방문을 열고 나가 보니 아무도 없었다. 피곤하고 예민하게 들리던 TV 소리도, 심장이 뛰듯이 숨죽였던 시계의 째깍 소리도 모두 멈춰져 있었다. 커튼의 모양도, 바람에 휘날리듯 날아가던 나뭇잎도 공중에 멈춘 순간 속, 나는 정말로 세상이 멈췄다는 것을 알 수 있었다. 그런데 왜 하필 해가 뜬 시간에 멈춘 걸까?

"아침 7시 42분."

내 아침은 7시 45분부터 시작인데, 시계는 7시 42분에서 꼼짝을 하지 않았다. 공허한 눈으로 가만히 시계를 바라보다가 옷을 갈아입었다. 무거운 패딩도 입지 않은 채, 가벼운 긴 팔 티셔츠와 청바지를 입고 나와 버렸다. 공기도 멈췄는지 차가운 기운도, 따스한 기운도 느껴지지 않았다. 어떠한 냄새도, 어떠한 움직임도 허용되지 않은 세계 속, 나는 그저 계속 걸었다. 자동차 하나 없이 텅 비어버린 도로를 지그재그로 쭉 걷다 보니 작은 한숨이 나왔다. 항상 뛰어가고 싶던 차도였는데, 막상 걸어보니 다른 느낌이 오지는 않았다.

아무도 없이 나 혼자 있으면 세상 조용하게 편해질 줄 알았는데, 그저 살아가는 고통이 다른 고통으로 바뀌어버린 것 같다. 이게 뭐야. 순간을 멈춘 것이 이렇게 재미없고 감흥이 없을 줄이야. 드라마나 영화에서는 뭔가 엄청난 사건으로 바뀌고 결국엔 달라지던데, 왜 내 이야기에는 그런 반전 요소 하나가 없을까. 애초에 내가 미쳐버린 것은 아닐까. 내 목소리로 세상을 멈추겠다니, 망상 환자에게나 적용되는 말일 것이다.

"아, 혹시 이것도 악몽 중 하나 아닐까."

이런 악몽도 색다르다고 생각했다. 그러니 이제 제발 끝났으면 하는 생각이 들었다. 아무런 자극 없이 순수하게 멈춰버린 세상은 죽음과도 같다고 느껴졌다.

"죽음 체험을 이렇게 해보네."

정지된 세상 속에서 오류처럼 살아 숨 쉬는 내가 더 힘겨워 보였다. 미친 듯이 돌아가는 세상 속에서나 멈춰버린 순간의 세상 속에서나 나는 항상 힘든 존재구나.

"그러니까 이제 끝내줘. 진짜 답을 찾은 것 같아."

내 의도와는 다르게 흘러갔지만, 확실한 것 하나는 죽음에 가기 전까지 나는 힘들게 순간을 보내리라는 것이다. 손으로 머리를 감싸며 고개를 저었다가, 갑자기 움츠려진 몸에 소름이 끼쳤다.

"설마…. 나 죽은 거야?"

모든 것은 순간이었다

불안할 순간이 있고
우울할 순간이 있다
달콤한 초콜릿처럼
행복한 순간이 있다

모든 것이 시작될 때
여러 감정이 교차하고
모든 것이 끝날 때
한 감정이 정착한다

그게 무엇이든
선악을 구분한대도
날개 달린 나의 것
받아들여야겠지

순간이 있다
그 순간이었다

순간, 흠칫

이로써
저의 글이
당신의 순간이 되었습니다

순간의 상황

순간을 미루면 인생마저
미루게 된다고 했던가
언제부터인지 나도 모르게
앞으로 살아가게 될 미래보다
그 순간의 상황만을 버티면서
살아가며 닥쳤던 일이 빨리
지나가기를 바라던 내가 있었다

그렇게 지나가 버린
잃어버린 시간은
이제 다시는 오지 않을 거라는걸
머리로는 알고 있었으면서도
보지 않으려고 애써 외면하면서.

여행의 과정

사소한 선택이라고 여겼었던
순간들이 모여 하루가 되고
그 하루들이 모여서 삶이 되지만
그런 선택의 순간들이 올 때마다
항상 만족할 만한 결정을
하지는 못했었고
고민하며 주저하기를 반복했다

애초에 모두를 만족 시킬 수 있는
선택이란 건 없으니까 그저
나 하나만 생각하면 되는 일인데
그마저도 나는 힘이 들었던 것일까
누구에게나 단 한 번 뿐인
인생이라는 이름의 여행이

끝나게 되는 그 필연의 순간이
어떤 방식으로 나에게 오기 전에
매 순간들에 항상
충실하게 살 수 있기를.

너와의 순간

너와의 순간은 늘 계절 같았어
봄처럼 설레고 여름처럼 뜨거웠지
가끔은 가을처럼 쓸쓸했고
겨울처럼 차가울 때도 있었지만

손을 잡으면 녹아버리던 차가움
그 순간이 지금도 생각나
시간이 흘러 기억이 바래도
그 모든 감정은 여전히 선명해

내게 너는 하나의 순간이었어
하지만 그 순간은
평생을 채우는 이야기가 되었지
너와의 순간은 아직도 나를 살게 해

너와 함께

나는 너와 함께한 순간들이 나에게 너무나도 소중했
어 우리는 서로에게 없으면 안 되는 존재잖아 우리
함께 소중한 순간들 다시 만들어보자 나는 너와 오래
관계를 유지하고 싶어 너도 똑같잖아 우리 다시 이어
가 보자...

순간처럼 그 자리에

쉿, 너한테 사랑한다고 속삭이고 싶어.
너한테 말해줄게.
내 마음이 너밖에 없다고.
못했던 말이 너무 많은데
내 마음 알면
넌 어떻게 생각할까?

이 순간처럼
항상 그 자리에서
너만 바라보고 기다릴게.
내 마음에 너로 가득 차 있다고.
그 마음 변치 않게
시간 지나도 지금처럼
너 바라보며 사랑할게.

이루어지지 못하는 사랑의 기억이 되어도
미워하지 않고 너 기억할게.
내게 가장 소중한 사랑으로.

행복의 순간

때로는 시간이 정지하기를 바랍니다.
당신을 생각하며 사색에 잠길 때면,
마음속 깊이 간직한 행복의 순간들이
영원히 지속되기를 소망합니다.

당신의 따스함이 계속해서 저를 감싸주기를,
그리고 삶의 고통이 닥쳐와도
당신을 지켜드리겠습니다.
당신이 행복하다면, 제 모습이 초라해진다 해도 아무
말 없이 곁을 지키겠습니다.

우린 그걸 사랑이라 부를 거에요

마음이 닿은 그 순간을 믿어요
그 순간에 넘긴 내 사랑과
내 사랑을 받은 네 순간을
사랑하고 사랑하고 사랑하고 사랑해요

우리는 그 마음을 사랑이라
부르는 거 어때요?
남들이 뭐라던 간에
우리는 그 사랑을 그 순간을
사랑이라고 부르는 거 어때요?

우리가 그렇게 믿으면
그걸 사랑이라 불러요

우리가 그 사랑을 순간에 닿은
마음이라 불러요
남들이 모르든 간에
우리는 그 사랑을 그 순간을
마음이라고 부르는 거 어때요?

우리는 그렇게 믿어요
그걸 사랑이라 불러요

남들이 뭐라던 간에
우리는 사랑이라 불러요

우리는 사랑을 믿어요
우린 그걸
사랑이라 부를 거예요

필름 사진

내가 너를 필름에 담는 이유
세상에 하나뿐인 그 한 장

내가 우리를 기록하는 이유
평생에 한 번뿐인 그 순간

소중한 너와 함께했던
특별한 그 시간들을
한 장에 가둬둘 수 있으니까

보고플 때마다 꺼내볼 수 있는
영원히 간직할 그 찰나

기억 속에도 마음속에도
필름 속에도 깊이 새겨
언제든 추억할 수 있는
그 순간 그 찰나

구원

찰나의 순간이었지만
나에겐 구원이었어

사람에게서 구원을 찾지 말라던
나는 너의 구원이 되어줄 수 없다던
너의 말들은 전부 틀렸어

너는 몰랐겠지만
너는 부정하고 싶겠지만

너의 목소리가
너와의 눈 맞춤이
너의 존재함이
나에겐 구원이었어

너의 목소리는 차가웠지만
너의 눈빛은 비어 있었지만
미소 한 번 받기가 너무 어려웠지만

너의 작은 미소가
너와의 대화들이
너와 함께함이
나에겐 구원이었어

찰나의 미소만으로도
찰나의 찡그림만으로도
나를 살리고 죽일 수 있는 너였어

나를 향했던 너의 그 순간들이
나에겐 구원이었어
너와 함께한 모든 순간들이
나에겐 구원인 거야

너와 함께한 순간들

그 순간을 찰나에 순간으로 인해 잊어버릴 줄이야
절대 안 잊어버릴 줄 알았는데
너와 함께한 순간들이라
잊기 어려울 줄 알았는데
아니었어

사랑해, 그리고 사랑했어

순간 너를 사랑했어

맞아, 순간적으로

근데 금세 마음이 변해버렸어

사랑해 가 아닌
사랑했어로

파괴 역학

역학은 물리학의 한 분야입니다

교수의 애기를 들을 때
내가 떠올리는 것은

어젯밤 나에게서 심장을 사간 남자

나는 지난 밤의 파괴를 생각한다

비어버린 심장의 자리가
그 남자의 흔적과 부딪치는 밤

파괴 역학은 사랑의 한 분야입니다

측정 불가의 힘으로 서로에게 이르러
한순간에 깨지는 일

그 힘에 대한 것

여기 두 사람이 있습니다

나는 마하의 속도로 너에게 갔고
너는 수십억 광년을 나에게로 날아왔다

그 두 빛이 부딪치는 밤

누구도 듣지 못한 굉음이
도시의 밤을 타고
두 사람에게 침투하는 때

나는 다만 그런 것들에 대해 짧게 쓰고
너는 여전히 파괴에 대해 떠올리고

그 순간

너를 처음 봤던 그 순간부터
너와 사랑에 빠졌던 그 순간부터

내가 사는 이유는 너였다.

순간

힘든 순간도 한순간으로 지나가듯
기쁜 순간도 한순간에 그치더라

영원이 없다하듯 결국 순간으로 흘러가며
붙잡을 수도
돌이킬 수도
감싸안을 수도

그렇게 흘러가니

그저 그 순간을 누비는 방법뿐이라는 걸

오늘이 행복하면 평생을 행복했던 듯 웃고
오늘이 슬프면 평생을 슬펐다는 듯 울며

매일을 그 순간에 잠식당하며
어느새 또 털고서 일어나고

그렇게 살아가자
그 찰나를 간직하며

순간이라는 톱니바퀴

지금 이 순간
소중한 이 순간
다시 돌아오지 않을 이 순간

이미 지나가 버린 순간
뭘 해도 항상 후회하는 순간

인생은 속상한 순간 멈춰야 하는 순간
답답한 순간 선택의 순간
결정의 순간 확신에 찬 순간
실수해 버린 순간 차버린 순간
걷어낸 순간 울고 싶은 순간
그 모든 순간조차도 너무 소중했던 순간
고마운 순간 그리고 미안한 순간 이 반복되는
동그란 지구의 돌림판 같은 감정의 반복

마주친 순간

너를 처음 본 그 순간
눈이 마주쳤던 그날
하루 종일 네 생각이
머릿속에서 떠나질 않던 날
자꾸 네가 생각나

너에게 인사를 하려고
수십 번 수백 번 연습했지만
네 앞에 서면 아무 말도 못 하게 돼

차마 고백할 용기는 나지 않지만
혹시 너와 마주칠까
옷매무새만 열 번 넘게 다듬고
거울 앞에서 머리를 만지며
내 모습만 바라보았지

터지는 순간

되고 싶은 것도 많고 하고 싶은 것도 많아
나의 마음은 풍선처럼 부풀어 오른다

그러나 그 풍선처럼 부풀었던 마음은
금세 펑 하고 터져버린다

마음속 깊이 묻어두었던 꿈들은
크게 부풀지 못하고 사라져 버렸다

풍선이 터지면 새로운 풍선을 불듯
나의 꿈과 마음도 다시 새롭게 부풀기를

결심의 순간.

하고 싶은 게 많지만 막상 시작하면
막막하고 두렵고 잘하고 있는지 몰라서
얼마 하지도 않았지만 그만두고 싶어지고
후회와 자책이 나를 괴롭힌다

머릿속에는 항상 아이디어가 넘치지만
금방 그만둘까 봐 시도하지 못했다
그런데 어느 날 누군가가 이렇게 말했다
실패해도 괜찮다고 경험이 중요한 거라고

그래서 결심했다
후회하더라도 다시 도전하기로
실패하더라도 다시 일어서기로
결과보다 과정을 소중히 여기기로

순간이 찰나가되고...

낙엽 태우는 순간
가을 냄새가 향기로웠다.
연기처럼 피어오른 가을이
회갈색 물이 든 찰나였었다.

마음 애타는 순간
사랑 향기가 진동을 했다.
설렘 반 달콤 반 뛰는 가슴이
따습게 녹아내린 찰나가 됐다.

애타게 태우는 순간들마다
내 마음 모조리 휩쓸어 간 찰나가 되고,
바라고 바라본 순간순간이
내 가슴 너로만 새겨져 간 찰나 되었다.

그럴싸한 순간들이 모이고 모여
시간의 언덕에 선 추억이 되고
아름다운 찰나들로 향기가 모여
내 곁에 머물 하늘빛 사랑이 됐다.

너와 하는 순간이
나와 하는 찰나가
모두 사랑이었다.

작은 배려가 필요한 순간

어렸을 적부터 어른 되는 시간들 내내
세상이 정해놓은 틀 안에서 삶을 결정하며
방향을 맞추고 살아가는 것 같아...
그 안에서는 자신이 무엇을 원하는지에 대한
고민들의 순간들은 적을 수밖에 없었을 거고,
그렇게 시간의 격차는 점점 벌어졌을 거야...

누군가는 원하는 길을 찾아가기도 하지만
찾지 못해 헤매기도 해.
그러면서 세상에 있는
많은 길들을 깨닫기도 하고
예상치 못한 어긋난 경험을 하면서
당황스럽고 민망한 순간들을 마주하기도 하지...
누군가는 해내고

또 누군가는 못한 순간들을 보게 되거든...
그럴 때면 차마 말을 못 하고
마음 깊이 숨겨두는 당혹스러운 감정과
마주하는 순간 될 거야...

그런데 말이야...
정말 다행인 건 영원히 지속되지 않는다는 거야...
언제든, 누구에게나 찾아올 수 있는 순간인 거고.
그렇게 생각해 주면 좋겠어.
그냥 남과 조금 다를 뿐인 나의 시간뿐이라고...
지금은 나에게 조금 늦어도 괜찮다고 말해주는
작은 배려가 필요한 순간일 테니까...

너는 예쁜 꽃

우리 조금만 쉬었다 가지 않을래
나의 손을 잡고 함께 걸어가지 않겠니
너와 함께 걷던 이 길이 너무 좋아

길가에
예쁜 꽃도 많이 피어있어
걷다 보면 더 예쁜 꽃들도 있겠지

너란 꽃이 피어있어
세상 짙은 향기들로 가득하는 걸 보면
어여쁜 그대여 고맙구나!

꽃이 피는 그날까지

텅 빈 마음
꽃 피는 그날 그 자리
매일 꽃이 핀다

함께 나란히 걷고
호흡하며 공허함을
채워나간다

손끝에
떨어진 눈물들은
예쁜 꽃으로 피워내리라.

한 순간

짧다면 짧고
길다면 긴 시간
모두에게 평등하게 주어진
하지만 공평하진 않은
불평만 하다가는 부족해
주어진 것에 감사하며
살아갈 수밖에 없는

필라멘트

지그시 켜지는
노란 동그라미

가는 선 한 줄이
방 안을 밝힌다

어둠을 더듬어
갈 필요 없어

흠집이 생겨도
바라봐 편히

또 한 장 넘기며
채워질 일기

미소에 담긴 건
바라던 온기

초콜릿처럼 녹아드는 순간

삶이 남긴 발자국

인생은 수많은 순간들의 모자이크다. 때로는 반짝이는 유리 조각처럼 빛나고, 때로는 깨진 도자기 파편처럼 날카로운 순간들이 모여 하나의 그림을 만든다. 나는 종종 밤하늘을 바라보며 내 인생의 특별했던 순간들을 떠올린다. 그 순간들은 마치 별들처럼 시간이 흘러도 여전히 반짝이며 내 기억 속에 남아있다.

열여덟 살의 어느 봄날, 벚꽃이 흩날리던 교정에서 처음 마주한 설렘이 있었다. 그때의 떨림은 지금도 선명하다. 아직 미숙했던 내가 처음으로 느낀 진정한 감정이었을까. 교복 주머니 속 꼭 쥐고 있던 연애편지의 무게는, 어쩌면 그때의 나에겐 세상 전부만큼이나 무거웠다. 지금도 벚꽃이 필 때면 그날의 설렘이 살며시 찾아온다.

스물셋, 대학교 졸업을 앞두고 친구들과 떠났던 여행

은 특별한 기억으로 남아있다. 우리는 제주도의 작은 게스트 하우스에서 밤새 이야기를 나누었다. 각자의 꿈과 두려움, 희망을 나누던 그 밤은 마치 영화의 한 장면 같았다. 창밖으로 들리던 파도 소리, 맥주 캔을 따는 소리, 친구들의 웃음소리가 어우러져 만들어낸 청춘의 교향곡. 그때 우리는 서로에게 "꼭 성공하자"라고 약속했다. 비록 모두가 각자의 길을 걸어가고 있지만, 그날의 약속은 여전히 내 가슴 한켠에 남아있다.

인생의 전환점이 된 순간도 있었다. 첫 직장에서 맡았던 프로젝트가 실패로 끝났을 때였다. 모든 것이 무너진 것만 같았다. 하지만 그 실패는 오히려 나를 더 단단하게 만들어주었다. 실패의 쓴맛을 알았기에 성공이 얼마나 달콤한지도 알게 되었다. 그 후로 나는 실패를 두려워하지 않게 되었다. 오히려 그것을 통해 배우고 성장할 수 있다는 것을 깨달았다.

가장 행복했던 순간을 꼽으라면, 아마도 할머니와 함께했던 마지막 생신상 앞에서일 것이다. 그때 할머니는 이미 많이 편찮으셨지만, 손주들을 위해 환한 미소를 지어 보이셨다. 떡국을 끓이시던 할머니의 주름진 손, 내 머리를 쓰다듬어 주시던 따뜻한 손길, 그리고 "우리 손주 잘될 거야"라고 말씀하시던 그 믿음의 눈빛까지. 모든 것이 선물이었다. 지금도 가끔 꿈에서 할머니를 뵙는다. 그럴 때면 나는 꿈에서 깨고 싶지 않다.

인생은 또한 작은 순간들의 연속이다. 출근길에 마주치는 이웃의 미소, 퇴근 후 즐기는 따뜻한 커피 한 잔, 주말 아침 베란다에 들어오는 햇살, 비 오는 날 우산을 나눠 쓰며 걸었던 낯선 이와의 짧은 대화. 이런 소소한 순간들이 모여 하루를, 한 달을, 일 년을, 그리고 한 사람의 인생을 만든다.

가장 최근에 마음에 새긴 순간은 얼마 전 해외여행에서 마주한 일출이었다. 낯선 도시의 높은 빌딩 숲 사이로 떠오르는 태양을 보며, 문득 깨달았다. 우리의 인생도 저 태양처럼 매일 새롭게 시작된다는 것을. 어제의 아픔이나 실패가 있더라도, 새로운 아침은 늘 새로운 기회를 가져다준다는 것을.

지금 이 순간도 마찬가지다. 이렇게 글을 쓰며 과거를 돌아보는 이 시간조차 언젠가는 특별한 기억으로 남게 될 것이다. 우리는 매 순간 추억을 만들어가고 있다. 때로는 기쁨으로, 때로는 아픔으로, 때로는 깊은 깨달음으로.

인생은 마치 만화경과도 같다. 같은 조각들이 모여 매
번 다른 모양을 만들어내듯, 우리의 경험과 기억도 시
간이 지날수록 새로운 의미를 만들어낸다. 그래서 나
는 오늘도 순간의 의미를 새기며 살아간다. 지금 이
순간이 언젠가는 반짝이는 추억이 되어 내 인생의 별
이 될 테니까.

찰나의 시간

파도를 바라보다가 나는 알았다.
바닷물이 차오르는 동안 순간이 지나가고 있다는 것을..

눈에 보이지는 않지만 찰나의 순간이 긴 터널로 사라지고 있다는 것을 말이다.

별똥별이 내려오는 짧은 순간마저
마치 빛의 속도로 지나가고 있다는 것을 나는 알게 되었다.

지금도 순간이 지나가고 있다.
결국 모든 것이 다 지나간다는 것은
나의 시간에도 끝이 있다는 것이다.

눈에 보이지 않는 지금 이 순간은
지나가 버린 뒤에도 여전히 볼 수 없다.
그렇기에 더욱 붙잡고 싶어진다는 걸 나는 벌써 알게
되었다.

초콜릿처럼 녹아드는 순간

생존본능

꽃샘추위가 심술을 부리던 어느 날
꽃들이 밀려왔던 말을 전하려 꽃봉오리를 벌린다

빗소리만으로 저녁을 때우던 어느 날
개구리들이 하고픈 말을 전하려 주머니를 잔뜩 부풀
린다

이제는 제법 쌀쌀해진 날씨 탓인지 나뭇잎들이 형형
색색의 옷을 꺼내 입던 어느 날에는
귀뚜라미들이 울음주머니에 소리를 가득 채운다

사방을 둘러봐도 온 세상이 하얗기만 하다
드디어 나의 차례다
참아왔던 말들을 건네려 입을 벌린다

입을 벌렸다 다시 다문다
침묵은 끔찍한 고통을 몸에 각인하는 것

생존 본능과도 같은 침묵을 지킴으로써
그렇게 나는 한 해를 살아간다

다들 그렇게 침묵한다

야자수 한 그루

파도의 첫 목 넘김 순간은
인생처럼 쓰라리더라

파도의 차디찬 향

상큼하면서도 비릿함에
뺨 한 대를 후려 맞은 듯한 향

한 사람
두 사람
파도를 맛보러 담장을 넘기 시작한다

파도의 두 번째 목 넘김 차례가 다가오던가
찌푸려지는 미간 사이로

시원한 파도 향이 밀물에 힘입어 스며든다

파도는 나를 집어삼킬 기세던가

많은 사람들이 파도에 몸을 맡긴 채
더 넓은 곳으로

마지막 파도가 몰아치기 전
나는 얼음과도 같은 잔을 휘저었다

마침내 나는 파도를 집어삼켰다

한 그루의 야자수만 남긴 채

초콜릿처럼 녹아드는 순간

모든 순간이 예쁘게 피어나기를

알고 있나요?

당신이라는 한송이 꽃으로 인해 세상은 찬란한 정원
이 된다는 것을.

별보다 빛나는 당신이 없어진다면,

아마도 세상은 별 볼 일 없는 하늘이 되고 말 거에요.

각자 피어나는 시기와 방식, 색깔이 모두 다르기에
이 세상 모든 존재는 귀중하고 특별한 꽃이 된답니다.

하얀 눈꽃처럼 차가운 순간을 이겨내고 눈물로 피어
난 당신은

그 어떤 꽃보다도 눈부시게 아름다워요.

보이나요?

조용히 다가오는 봄을 앞두고

2월의 새싹이 움트는 지금, 이 순간이 온통 연두색으로 물들어 가고 있어요.

파릇파릇한 새싹이 새 시작을 알리며 세상에 종을 울리는 이 순간,

세상의 모든 존재는 살아가는 힘을 얻으며 다시금 생기를 찾을 거예요.

잊지 말아요.

누군가는 당신을 온 마음으로 응원하고 있다는 것을.

겨우내 움츠렸던 어깨를 활짝 펴고

돋아나는 새싹처럼 다시 시작해보아요.

마음이 착한 당신은 반드시 모든 순간, 예쁘게 피어날 거예요.

순간이라는 보석 조각

오래전 태국 여행에서의 일이다. 나와 같은 보트를 타고 피피섬에 도착한 외국인 노부부가 내게 부탁을 건네왔다. 지금 물속에 들어갈 것인데, 10분만 짐을 봐달라는 것이었다.

어렵지 않은 부탁이라 흔쾌히 들어주었으나, 노부부는 10분이 지나도 오지 않았다.

빨리 물속에 들어가고 싶은 마음이 굴뚝 같았는데, 짐을 맡아주기로 약속했으니 꿈쩍도 할 수 없어 슬슬 불만이 터져 나왔다.

바닷속에 뛰어 들어가지도 못하고 가만히 앉아 있는 시간이 마치 귀중한 순간을 망치고 있는 것만 같았다. 그 순간 한숨을 쉬면서 바닷물을 바라보는데 생애 한 번은 꼭 보고 싶었던 에메랄드빛이 그제야 눈에 들어왔다. 태어나서 처음으로 보는 보석 빛깔의 바다였다.

물속에 들어가는 것만큼이나 이 바다를 눈에 담고 있는 순간이 황홀하게 느껴졌다.
20분이라는 시간을 불평불만으로 보냈다면, 그보다 두 배로 긴 시간이 되었을 텐데,
그 순간을 행복한 보석 조각처럼 사용하니까,
그토록 꿈꾸던 바다를 바라보는 아름다운 순간으로 장식되었다.
그때쯤 노부부가 천천히 걸어왔다.

"present for you. good luck to you"

그들은 맡겼던 가방 속에서 하늘빛 엽서 세 장을 꺼내어 주었다.

Karon Beach,Patong Beach, Kata Beach, Phuket 이라고 쓰인 세장의 엽서에는 멋진 비치의 사진이 펼쳐져 있었고,
바다가 통째로 엽서 안에 담겨 mini Beach를 선물 받은 기분이 들었다.

문득 이 멋진 바다를 부모님께 보여드려야겠다는 생각이 들어서 펜을 들었다.

푸켓의 하늘 아래. 이 꿈의 파라다이스가 내뿜는 뜨거운 에너지를 함께 실어 담을 수 있는 건 오직 지금, 이 순간뿐임을 알기에 보물 같은 부모님께 보석 같은 그 순간을 엽서에 담았던 기억이 아직도 생생하다.

그 짧은 순간을 사랑하는 부모님과 함께 나눈 기분이었다.

문득 그 노부부에게 고마운 마음이 든다.

20분을 기다려주었지만, 더 행복한 시간을 선물 받았은데다가, 시간이 흐른 지금까지도 그 순간을 추억할 수 있게 되었으니 말이다.

모든 순간에 '한 사람'

다른 곳에 있어도
같은 하늘 아래 있다는 것만으로도
기다림의 이유가 되는 한 사람

겨울나무가
시간을 껴안고 꽃을 준비하는
고요의 순간을 견디듯 기다리는 한 사람

내 잠 못 이루는 밤을
그리움으로 채울 수 있는 한 사람

많은 것을 잃어도 그럼에도 불구하고
가진 그 하나가 너무 큰 한 사람

순간순간에
내 기도의 시작이 될 수 있는 단 한 사람

모든 시간에 따뜻하게 감싸주는
우연 속 필연의 순간을 간직하는 내 단 한 사람

우리의 사랑에 우리만의 세상을 만들고
우리가 만드는 세상에
우리만의 이름을 새길 수 있는 단 한 사람

단 하나의 단 한 사람

순간

그런 순간이 있다
간직하고 싶은
멈추고 싶지 않은

그런 순간이 있다
오래오래 기억하고 싶은
영원했으면 하는

그런 순간이 있다

보풀

내 오래된 회색 니트

사나운 하루의 끝에
혼곤한 보풀들이 무성하게 영글어요

보풀들은
가끔씩 삶이 어둑해질 때면
내가 사랑한 얼굴들을 하고는
활짝 빛을 내지요

그 얼굴들을 가만히 어루만지다가
일어서고
일어선 기억으로 다시
일어서고

못나고 창피한 모양새로 영근
내 모든 순간

목이 다 늘어나고
쉽게 쿰쿰한 향을 내지만
버리지 않고
왜 자꾸 입느냐고 묻는다면

"내 몇 년 치의 삶이 거기에 있거든요"

내 오래된 회색 니트,
가닿지 못한 순간도 열렬히 영글어요

이제는 내가 보풀의 얼굴을 하고
니트를 이루어요

보세요, 영광의 보풀을
곱고 선하게 늙어가는 나의 얼굴을

순간의 너

같은 시선과 공간에
늘 걷던 거리 위
문뜩 스며드는 너의 향기
행여 나를 지나치지 않을까
두리번거리던 내 모습에
다시 또 쓸쓸함이 찾아온다.

이토록 아쉬운 순간
무너지는 햇살이
주위에 온기마저
먼 곳으로 빨려 들어가

캄캄해진 어둠 속을
다시 걷는다.

터덜 터덜 너의 속삭임이
스며드는 그 순간에 놓인
시린 겨울을 더 얼어붙게 만들고

깊은 밤 헤매던 그 시간
너를 잠시라도
느낄 수 있어서 행복했지만

바보 같던 잔상
잠시 비추었던 기대
다시 또 멈춰있던
공기의 흐름으로
쓸쓸한 거리를 헤맨다.

혼수상태

당신께 밀크초콜릿과 멜란포디움을 받았어요.

이 달콤함을 느끼며 멜란포디움의 꽃말과 같이 순간의 즐거움을 느끼라는 것일까요?

참 이럴 때 아는 맛이 무섭다는 게 와닿네요.

하지만 저는 먹을 수 없는걸요.

당신이 나를 싫어해 이런 조롱을 하는 걸 압니다.

이 순간의 즐거움은 당신이 누리고 있네요.

널 처음 본 순간

내겐 기적이었어
환한 미소로 웃어줬을 때

내게 처음 말을 걸어줬을 때

날 칭찬해 준 사람은 처음 이였어
눈빛이 선했어

다정한 목소리
따뜻한 마음

남모르게 봉사 하는 널 보며

반짝이는 별을 보듯

향기로운 꽃을 보듯

널 보는 순간 빠져들었어
천사 같은 너의 모습에

몰라 엄마!

수학 문제를 풀다
내게 묻는다

이런 어렵다
기억도 안 나고

밤하늘에 하얀 연기처럼
캄캄한 머릿속

창피하지만
책에 모든 것이 있다

찾아봐.
엄만 몰라?

그 순간 떠올랐다
이모네 집에 가라

쌍둥이 언니들 수학 100점

순간 아이들의 밝은 표정
후다닥 나가는 넌

포기를 모르는 훌륭한 아이

순간에 머물다

그런 순간이 있다
급히 길을 나서야 할 때
신발 끈만 고쳐 매고 있는
나의 모습을 보는 순간

그 순간은
너라는 거울을 통해야만 보인다

거울에 비춘 나를 보노라면
미처 매듭짓지 못한 생각들이
신발 끈과 함께 뒤엉켜있다

걸음을 내딛는 그 순간
너는 내게 말을 건네온다

"나와 같은 순간에 머물고 있니?"

나물

수많은 것들을 삼키는 것이 삶이라
꽃다발이 된 어느 시인의 후회 앞에서
나는 발밑의 싹들을 거두기 시작했다

무성함을 먹이는 것은 순간의 잔해들
혹은 순간을 꿈꾸던 존재들의 발버둥
아래를 입술 속의 혀는 파헤칠 수 있을까

한때를 갈망하듯 목으로나마 불어 보는
폭풍은 혓바닥 위의 폭설을 녹이지 못해
순간이었던 무성함은 순간의 잔해가 돼

나는 숨을 죽이며 찬장의 소금을 꺼낸다
손목으로 묻은 톡- 톡- 톡- 소리와 함께
깨를 뿌리며 거울 앞에 내미는 혓바닥

아래에도 무엇을 키울 수는 있을까 싶어
아직 푸른 나물의 순을 입에 넣어본다
순간들이 입술 사이를 지나 입술로 돌아왔다

초콜릿처럼 녹아드는 순간

1. 김태은

인생의 순간

인생에서 처음으로 기억하는 그 순간,
인생에서 짧았지만 즐거웠던 그 순간,
인생에서 하루 종일 후회했던 그 순간,
인생에서 오랫동안 잊지 못할 그 순간,
인생에서 마지막으로 떠올린 그 순간,
가까이서 보면 길었고 멀리서 보면 찰나였던
그 모든 순간이 모여 인생이라는 하나의
이야기가 되었다.

천장화

장화에 붙은 살점이 흥건히 뜯겨나가도
아득한 창공을 안은 그는
서둘러 신을 신는다

달빛조차 비치지 않는 사다리에
작은 초를 들고 오른 그는
마른 숨을 뱉는다

속눈썹에 쌓이는 회반죽에도
붓을 놓지 않는 그는
기어이 눈을 감지 않는다

척삭이 사무치는 신음에도
끝까지 턱을 세운 그는

고개를 숙이지 않는다

재촉하는 무심한 편지 앞에
메마른 응원조차 스치지 않는 그는
무거운 침을 삼킨다

구겨 삼켜야 했던 요구 아래
차원의 숨을 불어넣은 그는
조각을 완성한다

한계에 다다른 순간
한 번 더 일어나 던진
창조의 형상 아래
이제야 모두 고개를 든다

숙여야 했던 삶
꺾어야 했던 목
굽히지 않는 신념
그가 칠한 시 아래서

그것이 무엇이기에
당신을 무엇으로 부르기에
고독한 밤 당신을 깨우는 이유가 무엇이기에
어디로 당신을 데려가기에

무너지지 않는 묵념 아래서
그를 부른다

나를 사랑하는 순간

우는 법을 잃어버렸다. 살다 보면 예기치 못한 힘든 일이 일어난다. 슬플 수 있다. 슬픔이라는 감정을 느낄 때 울 수도 있다. 아니 슬플 때 울어야 한다. 그래야 슬픔이라는 감정이 잘 다독여진다.

그런데 언제부터인가 슬퍼도 괜찮은 나에 대해 무심해졌다. 그리고 그런 나 때문에 펑펑 울기를 거절하기 시작했다. 어느덧 울고 싶을 때 참는 법이 익숙해졌다. 나에게 내 사랑이 필요한 순간이다.

참아야 할 때가 있다. 하지만 쌓고 묵히고 무작정 참아내면 안 된다. 때로는 참지 말아야 하는 날도 있다. 어쩌면 제법 많은 경우에 참지 말고 표현해야 할 때가 많을지도 모르겠다.

문화가 변했다. 시대가 달라졌다. 요즘은 적극적인 자기피알이 필요하다. 직장에서든‧가정에서든‧자신의 감정을 솔직하게 표현하는 것이 긍정적으로 받아들여지기도 한다. 그럼에도 많은 관계들이 소통의 부재 속에 뒤엉켜있고, 소통불통에 허우적거리고 있다.

깨어진 가정의 상처를 가슴에 묻어둔 채 괜찮은 척 살다가 친구와 연인, 직장과 이웃과 부딪히는 일상에서 불화산처럼 터진다.

울고 있는 나를 달래주지 않은 채 닫고 삼켜버린 부정적인 감정들이 자신 스스로도 예상치 못한 순간 지뢰처럼 터진다.

착한 아이였고, 착한 아이가 되고 싶었다. 어쩌면 어린 시절의 나는 불안한 원가정의 일상에서 존재의 인정에 굶주려 있었을지도 모른다.

잘 참고, 잘 견디는 나를 향해 "착하다"는 어른들의 인사가 나의 굶주림을 채워주었던 것 같다. 그래서 더 착하고 싶었고 그래서 더 참아냈다.

심지어 내 인생의 태양과도 같았던 아빠가 당시 나이 마흔 되시던 해, 갑작스레 돌아가셨 을 때도 나는 슬픔을 참아냈다. 슬플 겨를이 없어서 그랬을까? 아니다. 슬퍼도 울음을 참아야했다. 나보다 더 큰 충격과 슬픔 속에 있을 엄마, 동생 앞에서 나까지 울면 더 힘들어할테니까... 온 몸으로 삼킨 슬픔의 무게에 숨이 쉬어지지 않아 입관 전 염하는 안치실에서 졸도해버린 상황이 지금도 기억에 생생하다.

그래서일까..
주위를 둘러보면 그날의 나처럼.. 거친 숨을 몰아쉬다 숨이 막혀 쓰러지는 사람들이 생각보다 많았다.

'울고 있는 나'와 함께 울어주지 못한 사람들이 많다. 무의식 속에서 울고 있는 나를 달래주지 못하는 사람들이 많다.

울 수 있어야 한다. 울 줄도 알아야 한다. 눈물은 신이

인간에게 허락한 최고의 치료제가 되기도 한다. 우는 것만으로도 슬픔의 감정이 많이 정화된다.

슬픔을 끌어안고 울어야 내가 그 슬픔에 떠내려가지 않는다.
슬픔을 직면하고 울어야 그 슬픔이 너울성 파도처럼 나를 집어삼키지 못한다.

나를 사랑하는 순간은, 즐겁고 기쁘게 웃을 수 있는 순간만이 아니다.
어쩌면 나를 사랑하는 순간은, 내 안에서 고립된 슬픔 이란 감정을 돌보며 같이 울어주는 순간이 아닐까?

오늘도 여전하다.
내 힘과 노력으로 할 수 없고 될 수 없는 수없이 많은 일들이 산적해 있다.

어떤 날에는 오늘의 염려에 매여서 힘에 겹다. 또 다 른 날에는 내일의 두려움에 눌려서 버겁기도 하다. 그 렇게 내 마음에 눈물 비구름이 가득차 있을 때 나는 나를 사랑하는 순간을 선택하려고 한다.

운다고 문제가 해결되지는 않는다.
그러나 울면 눈물을 통해 카타르시스가 일어나고 마음에 정화가 일어난다. 최소한, 슬픔의 부정적인 감정들이 내 무의식에 잠식될 일은 없다.

누구에게나 자기 자신을 사랑해 주는 시간이 필요하다. 사람이 어떻게 늘 좋은 일만 일어나고 좋은 상황만 펼쳐지겠나..

어려운 문제 앞에 오히려 더 밝은 척하며 애써 더 웃는 사람들이 있다. 조심스레 그러나 조금은 단호히! 권면하고 싶다.

애써 웃지 않아도 괜찮다.
힘들 때는 울어도 괜찮다.
보고싶은 날에는 울어도 괜찮다.

내가 나를 사랑하는 순간은

만들어내는 감정이 아니다.

내가 나를 사랑하는 순간은
만들어진 감정을 인정하는 순간이 아닐까?
'토닥토닥'... 두드려주고 함께 울어주는 순간이 아닐까?

2025 올 한해 토닥..토닥.. 어깨 두드리며 나와 함께
웃어주고 울어주며 나를 사랑하는 순간을 놓치지 않
았으면 좋겠다.

초콜릿처럼 녹아드는 순간

내 모든 날의 모든 순간

내 모든 날의 모든 순간

따듯했다
석가래 무너져 내린 허름한 옛날 집 아랫목
부지런한 아빠의 사랑이 뜨끈뜨끈 달아오르고
퐁퐁 뚫린 구멍 사이 끓어오르는 연탄불이 식을 줄
모르던
아빠의 온기로 달궈진 우리 집
추운 날이 많았지만 따듯했다

부요했다
마을의 몇십 가구 중 유일한 흙집
젊음이 유용하지 못했던 장애인 가장의 무력함에도
할 수 있는 최선을 다하며 아빠, 엄마의 자리를 지켜

냈던 부모님
서로의 본분으로 사랑의 지경이 넓어지던 우리 가족
가난했지만 부요했다

유명했다
40년 전 허허벌판 논밭 사이 놓인 깡시골
불편한 몸으로 온 동네 일손의 필요를 돕고
즐거이 내어주고 먼저 문 열어주던
아빠의 헤아림 덕분에
무명하나 유명했다

행복했다
몸과 정신이 연약해도 살아있음에 감사하고
형편과 사람 탓하지 않고 내게 있는 것을 나누며 함
께 기뻐하고
내 아픔을 나누며 손발을 움직이며 상처가 별이 되던
우리 가족
눈물 날 일 많았지만 행복했다

사랑했다

대단할 것 없지만 존재 자체로 충분한 의미가 되고
어제와 오늘을 함께하며 매일의 오늘을 더 사랑하며
살았던 나, 너, 우리..
가시 돋을 일 많았지만 사랑했다

살아내기에도 숨 가쁜 내 모든 날들을 마주 본다
그리고 나에게 기립박수를 보낸다

비천해도 비겁하지 않으며
남루해도 비굴하지 않으며

가난 속에서 부요를 나누며
눈물 속에서 행복을 피우고
상처 속에서 사랑을 키워낸

내 모든 날들
내 모든 순간들의
나에게

반짝이는 말

반짝이는 말
고맙다는 말

미안하다는 말보다
좋아하는 고맙다는 말

이제 모든 순간을
미안해하지 말고 고마워해야지

모든 순간이
반짝이는 순간이 될 수 있도록

그렇게 너를 보낸다

너무 보고 싶으면 눈을 감아보고
너무 그리우면 이름도 불러보고
그렇게 참아보다

어느 날 참기 힘든 순간이 오면
그때는 한참을 울다가
그렇게 너를 보낸다

후회라는 놈

우리는 수많은
시작과 끝을 반복한다
끝을 알고 맞이할 때도 있지만
알지 못하는 사이에
마지막이 찾아올 때도 있다
그럴 때면 후회라는 놈이
함께 찾아와 힘들게 한다
그래서 순간순간 최선을 다해야 하나 보다
후회란 놈이 찾아와도 힘들지 않도록

포레스트 웨일 공동 작가

초콜릿처럼 녹아드는 순간

초판 1쇄 발행 2025년 02월 10일
초판 1쇄 인쇄 2025년 02월 10일

지은이   이겸 | 키스 | 한민진 | 강대진 | 김채림(수풀) | 김가희 | 오렌지옴
            케이 죠띠 | 윤혜린(주변인) | Yunsthinking | 금사빠 | 은지 | 다래
            이도현 | 이상현 | 황서현 | 광현 | 최유리 | 언덕위,우리 | 강금주
            예인월 | 강서율 | 이지현 | 숨이톡 | 정예은 | 허단우 | 아낌 | 안세진
            양하은 | 김미선 | 최이서 | 수아 | 민들레 | 새벽(Dawn) | 이혜선
            박지연 | 솔트(saltloop) | 최영준 | 윤현정 | 박주은 | 사랑의 빛
            꿈꾸는 쟁이 | 고태호 | 조현민 | 남현욱 | 김예은 | 봉방사 | 백우미
            김태은 | 문병열

표지 그림   다망 @art.damang
디자인   포레스트 웨일
펴낸이   포레스트 웨일
펴낸곳   포레스트 웨일
출판등록   제2021-000014 호
주소   충남 아산시 아산로 103-17
전자우편   forestwhalepublish@naver.com

전자책   979-11-93963-92-0
종이책   979-11-93963-93-7

작가님들과 함께 성장하는 출판사
포레스트 웨일입니다.
작가님들의 소중한 원고를 받고 있습니다.
forestwhalepublish@naver.com